馔

人间烟火，多般姿态。12 个故事，12 种人生……

世界那么大，
只有我和你

朱小川 著

中国友谊出版公司

图书在版编目（CIP）数据

世界那么大，只有我和你 / 朱小川著. —— 北京：中国友谊出版公司，2020.1
ISBN 978-7-5057-4659-6

Ⅰ.①世… Ⅱ.①朱… Ⅲ.①中国文学－当代文学－作品综合集 Ⅳ.①I217.2

中国版本图书馆CIP数据核字(2020)第018225号

书名	世界那么大，只有我和你
作者	朱小川
出版	中国友谊出版公司
发行	中国友谊出版公司
经销	新华书店
印刷	北京中科印刷有限公司
规格	880×1230毫米　32开 8印张　135千字
版次	2020年7月第1版
印次	2020年7月第1次印刷
书号	ISBN 978-7-5057-4659-6
定价	39.80元
地址	北京市朝阳区西坝河南里17号楼
邮编	100028
电话	(010) 64678009

版权所有，翻版必究
如发现印装质量问题，可联系调换
电话　(010) 59799930-601

On the world of love,
just you and me

目 录

CONTENTS

I 凝住时光,爱在此刻盛放
Love is blooming when you hold the time

　　法国作家大仲马曾说,人类的所有智慧,其实都包含在四个字里面,那就是"等待"和"希望"。坚信爱的力量,让我们在最美好的年华,遇见。

◇ 在双桥的夜色里默默看过你　003

◇ 夜来香　024

◇ 爱上双鱼座　040

◇ 坐在藤椅上的女人　046

目 录

C O N T E N T S

II 用铭心的旅程，说爱你
Saying love through the inspring journey

从日出到日落，手牵手走在路上，亲吻沙滩，拥抱蓝天碧水，邂逅意大利中世纪古堡，走进溢满橙香的法国庄园，站在绵延起伏多彩的丘陵……

甜蜜的幸福之门，在此刻开启。

◇ 三生有幸　067

◇ 义乌爱情故事　085

◇ 世界那么大，只有我和你　114

◇ 下一站是日出　126

目录

CONTENTS

III 永生花之恋
Love of never-withering flower

它已没有露水，把最后一点绿还给了时光，就连香味也慢慢散去，可是那些花瓣并不曾离开花托。我们的爱情，是一朵不会凋零的永生花。

◇ 昨夜星辰　143

◇ 倒霉蛋先生和气儿不顺小姐　166

◇ 只为你炒饭　183

◇ 爱情啊，你怕它做什么　215

世界那么大，只有我和你
On the world of love,
just you and me

I

凝住时光，
爱在此刻盛放

Love is blooming when you hold the time

法国作家大仲马曾说，人类的所有智慧，其实都包含在两个词里面，那就是"等待"和"希望"。坚信爱的力量，让我们在最美好的年华，遇见。

在双桥的夜色里默默看过你

姚小玲终于还是离开了莫恩泰,这个在他眼中比任何人都理解、包容他的女人,终于把他的微信拉黑了,做完这个动作后,姚小玲深嘘一口气,无比轻松与释然。

姚小玲坐我对面,端起咖啡杯说,五年了,分分合合无数回,这次我们再也回不去了。

我一副见怪不怪的口吻说,记得莫恩泰跟我说过,你们的确分分合合无数次,但用不了多久就能和好如初,并约定无论什么深仇大恨,每年都要相约草莓音乐节,所以你们就算分手也不会超过一年。

说完我忍不住乐,多大的人了,整得就跟过家家一样。

姚小玲一脸认真地看着我,一个字一个字地再次重复,一、切、都、结、束、了。

我敛住笑问,是你变了吗?

姚小玲说，不，是他没变。

姚小玲说，她和莫恩泰的行走轨迹慢慢走向了两个方向，即便这两条线曾经也有过交叉，激起过电光火石，照亮过天空。

那时候"友达以上，恋人未满"这句话刚时髦，姚小玲觉得用它诠释和莫恩泰的关系再贴切不过。既是知心蓝颜，又像体贴男友，姚小玲深深沉迷在这种暧昧混沌的关系里。

姚小玲是传媒公司市场总监，但也极少近距离接触外形出众的直男，毕竟身在时尚圈，外形好的男孩大多都有男朋友。有一次姚小玲公司合作的运动品牌策划了一期寻找各行各业健身达人的活动，通过朋友姚小玲结识了莫恩泰。

那时候莫恩泰刚大学毕业，青春朝气，酷爱健身，八块腹肌，人鱼线，说得一口流利英语，最重点是还有一颗有趣的文艺灵魂，这些都深深吸引了姚小玲。

无数个周末他们相约去五道营胡同学弹尤克里里。它外形娇小可爱，音色柔和动听，能最快激发身体里的节奏潜能，那两年，尤克里里似乎一夜之间风靡大街小巷。

莫恩泰说，看一圈屋里学琴的人，懂的人沉默着满面愁容，装高雅的人假装沉迷，而不懂的人更多在忙于叫好，连什么深意都没弄明白。莫恩泰说，你是最懂我的。

他们走在鼓楼大街，夜色把绛红色城楼镀上一层迷人的金属质感，身边人流车辆熙攘，他们行色匆匆将夜晚的灯光剥离、打碎，揉成无数道像从百叶窗后边透射过来的光束，让人如临梦境。莫恩泰说出这一番话的时候，姚小玲心头一颤，差点滚下两颗泪珠。

莫恩泰深情地说，鼓楼是他北漂的全部意义。那里有最好吃的面条，最棒的酒，还有最酷的摇滚——鼓楼东大街111号的Mao Livehouse被誉为"中国第一摇滚现场"，在乐迷们心里早已成为地标性建筑。莫恩泰常带姚小玲去那里听摇滚。

这种最早起源于日本的LiveHouse，虽毫不起眼，在京城却真实见证了无数摇滚乐队和音乐人的成长，同时也记录了中国摇滚乐的发展。

一扇做旧的生锈大铁门，与同样生锈的铁墙立面融为一体，像是建筑工地巨大的遗弃品，却浑身透着硬汉大汗淋漓似的倔强、叛逆和鲁莽，大门一侧用白漆印着大写的"MAO"，以及"鼓楼东大街111号"。

它的落魄低调很容易让人错过，但拥有过它的人，永远不会遗忘。

铁门内，灯光昏暗。入口先是一处不到二十平方米的酒水区，再往里，黑色和红色为主色调的墙壁内，框起一处能容纳六百人的长方形演出场地,包括舞台、观众区和调音台。

MAO 会经常邀请一些年轻乐队来演出,偶尔也会见到老牌摇滚乐队,虽残破,空气污浊,但每当夜间乐队登场时,依然有无数不同肤色的摇滚青年前来朝圣。

莫恩泰对姚小玲说,在 MAO 看一场演出,抽一根烟,喝一杯酒,出来,再在鼓楼大街"蜜三刀"主唱雷总开的"吃面"小馆吃上一大碗北京最纯正的炸酱面,这就是最美好的人生。

莫恩泰打耳钉,戴鼻环,左右臂都文上了色彩斑斓的刺青,MAO 记载了莫恩泰关于摇滚的所有青春印记。

莫恩泰不止一次说,如果没有香烟,没有酒精,没有文身,没有性,算什么摇滚?

点一杯 MAO 特有的酒,那酒就是用二锅头打底,再兑上大半杯雪碧,加入红色糖精,酒杯就摇身一变成了迷人通透的淡粉色。

姚小玲喝上一杯就晕晕乎乎,然后单手指天跟着音乐节奏摇头晃脑,晃累了就侧脸看莫恩泰亮晶晶的清澈眼睛。那天正是"逃跑计划"乐队的主场,在《夜空中最亮的星》走红前,"逃跑计划"乐队是 MAO 的常客。

姚小玲问莫恩泰,为什么那么深爱摇滚?

莫恩泰面前已摆了五六只空杯,他想了想说,我看似平庸,内心又时常混沌，好像讲起未来，就是荒唐。实际上我不确定未来在哪儿，目前也无须知道，我只想和你分享一件事，那就是在你我这个最好的年纪不狂野一把，就是没有志气。我有反叛心理，对眼下的生活也不是太满意，可是，那又能怎么样呢，亨利·米勒不也说过，实在想不清楚，就找个姑娘做爱。

就着音乐，听他这一长串凌乱的絮叨，迷迷糊糊飘进耳朵的什么亨利·米勒，以及，说到找个姑娘做爱，再看一眼莫恩泰，他在姚小玲眼里简直更玉树临风起来。

姚小玲迷离起双眼，意味深长地看了他一眼，她想莫恩泰应该能懂吧？

那晚他们就睡在了一起，耳边 Adam Lambert 的歌声华丽激扬，音响开到最大声，他们疯狂做爱，变换各种姿势，直到夜色退去，窗外透出隐隐的蓝，直到再也动不了，只听得见心跳，只听得见呼吸声，连眼皮也沉重到实在抬不起来了，俩人才相拥睡去。

她很快搬去双桥，他租住的小区离双桥地铁站步行不过三五分钟。进城出城的八通线"哐当哐当"，声音遥远而清晰，催促生活在没有抵达彼岸前，要像潮水一样，不断往前涌去。

他带她去文身，她也不顾自己总监的工作性质，竟毫不犹豫地跟着去了鼓楼一间胡同里的文身店，疼得她嗷嗷尖叫。

莫恩泰出去转了一圈，回来的时候给她带了稻香村的绿豆糕点。

莫恩泰问，还疼吗？

姚小玲一边吃一边挤眉弄眼地摇头笑，糕点渣子掉得满嘴都是。

她还去染了一头亮紫色头发，打上鼻钉，穿上印着若干肮脏暴力词汇的肥大卫衣，她乐此不疲地做着这一切，觉得和她的宝贝男朋友走得越来越近了。

当晚，他们又去了MAO，那一晚的舞台属于蜜三刀乐队，听着他们的 *Chinese Bootboys*，这首献给北京国安的歌曲，无数次激励了北京国安队和国安球迷。

Polly Harvey 曾说，摇滚乐就是展现你最坚强的一面，因为每首歌就是你的生命和信仰。

舞台上主唱雷总在声嘶力竭，他身后乐队成员们激情撩拨每一个音符，莫恩泰、姚小玲和所有乐迷们则跟着节奏摇摆跳跃，或单手指天，一起齐声合唱。

回到双桥已是午夜两点，被音乐燃起的激情久久难以平复，于是他们帮彼此抓好头发，画好夸张眼线，莫恩泰抹上黑唇，而姚小玲则是猩红的复古红唇，他们扣上墨镜，再披上机车夹克。

他们冲进北京腊月刺骨的风里，大声嬉笑着跑过双桥路，跨过斑马线,沿着深夜空旷的双桥地铁站拍照创作。

黑魆魆的通惠河水在冬天也不会结冰,它静静地向远方奔流,几只受了惊吓的水鸟扑腾了几下翅膀,腾空飞了两圈后掉进水面,一切又归于宁静。

两个夜归的年轻人,和他们擦身而过,不断回头凝望,目光里充满匪夷所思。

他们拍了很多照片,那些照片是黑白冷酷的朋克风格,手绘墙、残垣、破沙发、一排排无人认领的破自行车的背景,所有元素在画面中充斥着极具张力的颓废美。他们激情满满,忘记了时间,也忘记了寒冷。

……

这些照片莫恩泰保存至今,莫恩泰甚至冲洗出来,镶上镜框,即便经历无数次搬家,后来回到武汉老家,再回到北京,分手,和好,再分手……无论去哪里他都带在身边。

姚小玲说,那又怎么样呢?这些照片我也保存至今,确实很酷充满青春的能量,可这一切都只是莫恩泰镜头下塑造的假象,烟熏妆,机车皮衣,香烟,化身邪魅炫酷小恶魔,举手投足满满自由无畏的气质,不是我本人。

姚小玲觉得现在让她再做这样疯狂的事情,她一定做不出来了,因为那些经历只是她人生中可以回忆、留恋的短暂瞬间,而对莫恩泰来说却是常态，这就是他们的矛盾点。

姚小玲说，相处时间一久，未来的紧迫感便逐渐被唤醒，并越来越清晰。我爱他，所以守护这段爱情是本能，守护不仅只是现在，还有未来。可是莫恩泰不同。他从来没有思考过未来，他的未来就是摇滚，健身，和极致的性爱。他从来没有思考过衰老。

虽然姚小玲的小情绪越来越多，但莫恩泰十分善于营造浪漫氛围，他会煮一杯咖啡捧到你面前，耳边 Jessica Simpson 的歌声轻柔曼妙，他裸露上身，燃起一根烟倚立窗前，晨风撩动他慵懒的卷发，橘红色的晨曦把他一身年轻的肌肉，勾勒出如丘陵般性感的起起伏伏。

莫恩泰太能把控、设计这种仪式感的美丽了，很惊艳，会令人感动，会深陷进去无法自拔，就像电影《低俗小说》中男女主人公的状态，叫人沉迷。

他们甚至会在这昏黄颓废的时光里，随音乐跳上一支舞，他们举着酒杯，你一口我一口共同抽完一根烟。

很多时候姚小玲想，作为女人，每天能与这样美好的少年相处，每天拥有这样美好质感的画风，是不是太不知足。

这种短暂的美好、华丽的仪式感，就像毒药，令人兴奋，会把所有的疼痛和烦恼一一麻醉。可是，当毒性散尽，必将重新跌进现实，生活的种种琐碎又接踵而至，愈加清晰。

姚小玲说，我也不愿醒来，和莫恩泰一样活在纯粹的世界。可我真的不需要再和一个小朋友一块玩了，说得好听，是内心保持少年，说得不好听就是拒绝成长。我身边好多朋友毕业后继续升学读研究生，读完研究生出国再深造，我曾经问他们到底在学什么，为什么要学，他们根本无法给你清晰的表达，说白了就是逃避社会，堂而皇之地用学生身份获得庇佑。可是我们不一样，我们是北漂，没有背景，没有社会地位，不工作就会饿死，我们需要靠自己的双手厮杀出一条血淋淋的求生之路。

姚小玲说，到了这个阶段，即便和朋友聊天，也会自然而然聊到生活的艰辛和压力，事业怎么发展，物价飞涨，房价太高，到底是买房还是继续租房，如果买房要买哪儿，在北京买还是在其他城市，到底是买车还是继续挤地铁，车位怎么办，选择结婚还是享受单身自由……即便讨论到最后没有结果，但是和朋友之间的倾听与被倾听，也能让自己明白，在北京，不是只有自己活得那么惨烈，那么矛盾。

所以，后来姚小玲越来越像个家长，像个妈妈。姚小玲很清楚她所给予的好是她想要对他好的方式，而不是他真正需要的好。姚小玲也厌恶透了自己这种强制性的道德绑架。可是退一步讲，人的情感大致如此，作为朋友，当一个个都变得异常优秀的时候，并不希望某个朋友远远落在后面。

这也算自私吧？姚小玲说，可是当我在往前奔的时候，你和我不是一个方向，你没有加速度，会导致我们越来越远，我因此而焦虑。

他们分手真正的导火索，是莫恩泰从外企辞职，选择去藏在方家胡同深处一处特别隐晦的餐厅当厨子。

姚小玲说，我越来越不了解你了。

莫恩泰微笑着走过来，试图拥抱姚小玲，却被她挣开了。

姚小玲有点冷嘲热讽，你觉得当厨子很文艺，很酷对吗？可是文艺也需要良好的物质支撑，你能文艺得高级一点吗？

莫恩泰脸上笑容慢慢僵住，脸色逐渐难看。他说，姚小玲，你什么时候变得这么物质了？我也越来越不了解你了。

姚小玲歇斯底里起来，她说，没错，我，姚小玲就是一个物质、现实，又平庸的女人。

虽然她嘴上这样说，可是心里却疼痛不已。姚小玲既想批判他，却又欣赏他能保持真我的精彩。

姚小玲继续说，可是物质有错吗？谁说物质就不能文艺了？你现在的文艺是朋友圈发鼓楼城墙，发摇滚，发你炒菜做饭端盘子，可是有了好的物质，你可以去看国际更知名的音乐节，可以去看Adam Lambert、Linkin Park 的现场，你也可以学梁朝伟飞去伦敦，在广场坐上一下午喂鸽子，如果想自拍就自拍，发个朋友圈一定分分钟获得一百个赞。

什么是文艺？你吃的喝的都是有机食物，摆盘、拍照色彩搭配、构图取景不拘一格，你用一个午后听一场别开生面的艺术讲座，去国外看一看那些著名、非著名的博物馆，登过知名、非知名的岛屿，去瑞士滑雪，去北海道泡温泉，去冰岛看极光，去纳米比亚看最古老的沙漠、火烈鸟和动物大迁徙，所有的一切你说走就走，无须拘泥，这就是文艺……

……

空气突然凝滞。

姚小玲后来告诉我，说完这一大段，她的心像被掏空了一样，一直有个声音在告诉她：姚小玲，你终于变成莫恩泰最讨厌的那种人。

莫恩泰眼睛通红地说，你知道吗？

姚小玲有气无力回道，什么？

我已经忍了你十分钟了。

如果你觉得我的话与你的内心背道而驰，你完全可以忽略我。

姚小玲，你知道我现在最想说什么？

什么？

去你的！你以为你是谁！莫恩泰浑身发抖。

姚小玲没再说什么，可奇怪的是竟然一点不生气。她默默打包好行李，头也不回地离开了双桥。

我说，你会失落吧？

姚小玲说，没有，只是会遗憾。

她说，在一起两年，隐隐觉得我们最终会走向这一步，我以为自己还能再隐忍两年，没想到这一天会来得那么快。

姚小玲记得第一次见莫恩泰，她曾问莫恩泰为什么这么爱健身。

莫恩泰说，小时候体重超过两百斤，学校所有老师同学都不喜欢他，身边每个人都攻击他，他从小就很自卑。让身材变好，是他最大的梦想。

姚小玲说，其实他是寂寞的，我确实就像他说的那样，最懂他。他身边的朋友换了一拨又一拨，看得出来他的朋友们都很喜欢他，可是却难以真正走近他，很遗憾那些朋友无一例外都消失了。

姚小玲后来搬去东直门，很长一段时间他们都没再见面，可是莫恩泰始终不愿分手。

他说，姚小玲，即便你我越行越远，可我深爱你啊。

直到有一天清晨，莫恩泰突然跑来告诉姚小玲，他红着眼圈说，雷总死了。

莫恩泰并不认识雷总，他只知道雷总是蜜三刀乐队的主唱，曾在MAO听过他的摇滚,在他的"面店"吃过他的面。

莫恩泰说完,眼眶里噙满瞬间而来的泪水,末了他止住悲伤,泪光闪烁地说,姚小玲,我们分手吧。

那是二○一五年五月六日,雾霾严重,是一个空气里飘满杨花的季节。

很久以后,我和姚小玲在青年路约了通宵读书趴。我们在咖啡厅,看书,闲聊,看一些无关紧要的书。姚小玲面前放了很多书,宗教的,美学的,甚至什么量子力学的,我还看到中间夹了一本美国摇滚书。

我说,你还在研究摇滚哪?

姚小玲嗔怪地笑,随意翻翻,情怀不可以吗?

我问,和莫恩泰还有联系吗?

姚小玲头也不抬假装看书说,没有。

我问,莫恩泰这个人,影响过你什么?

姚小玲想了想说,他在我的一生中是一道鲜明的色彩,是永远不可磨灭的形象。

姚小玲说,和他在一起那几年留下很多深刻记忆,美的、疯狂的,和她根本不搭边的事情,她跟莫恩泰都经历了。以前想也不敢想的事情,跟莫恩泰轻易就能实现,这是他的厉害之处。而且,他很善于赞美，即使再普通，他也会用五彩绚烂的方式来告诉对方，你真的很漂亮。

即便和他已成过去，她还是会怀念年轻时候无忧无虑的样子，和莫恩泰在一起最多的记忆就是无休无止拍照，修图，走路修图，吃饭修图，坐车修图，做面膜修图，上厕所修图，甚至不让她睡觉。

那些精修的照片，再回过头凝视的时候，也会蒙上一层美丽的面纱，会轻易相信，自己真的有那么出色。

后来，我断断续续听说姚小玲又谈过几段恋情，但过程都不甚了了，结果也都无疾而终，再没有让姚小玲有过深刻的心动和心痛。

二〇一七年国庆黄金周，姚小玲几个高中同学从老家到北京看她，她带着他们逛遍整个北京城。假期最后一天，同学们要坐下午的飞机回去，于是问姚小玲还有什么地方花一个上午就能逛完的。

姚小玲想了想说，鼓楼。

她带着他们来到南锣鼓巷，不知不觉走到鼓楼东大街111号，姚小玲不知道为什么之前几天没带同学们来鼓楼，作为北京重要景点，鼓楼，她是选择性遗忘了吗？

MAO的白天异常冷清，它的美妙大多发生在夜晚，那扇锈迹斑驳的大铁门依旧巍然矗立，似时刻要为自由和叛逆宣战，那些熟悉的喧嚣和激情燃烧的青春依然在耳边鸣响。MAO的工作人员告诉姚小玲，因内部原因，MAO很可能会搬离鼓楼东大街111号并停止一切演出。

姚小玲想，莫恩泰听到这个消息一定也会心生遗憾吧，毕竟于他而言，鼓楼，MAO是他北漂的全部意义，这里有一束光，即便不知道未来在哪儿，也照亮过他人生的一小段路程。

姚小玲眼前飞快闪过和莫恩泰在MAO的那许多明晃晃的光怪陆离的相爱时光，那时候，有无数个瞬间，在她的心底都有一个巨大的声音在呐喊，去他妈的未来！她真觉得自己是在荒凉的迷途缓步前行，并且心甘情愿地追随他的脚步，抛开一切深陷下去。

姚小玲有天突然对我说，后来与她交往过的男人，和他们编织的爱情，想来，那些爱情的瞬间都不是真正的爱情。

我说，真正的爱情是什么？

姚小玲低下头沉默。

我说，要是不甘心，就去找他。

姚小玲抬头看我，一脸错愕。

我说，莫恩泰去了贵州台江县。莫恩泰说，音乐让人幸福，也给予人力量，他把摇滚带去山区，让孩子们知道世界上不仅仅只有他们朝夕相处的美妙的山歌，还有摇滚这种没有年龄限制的伟大音乐形式，它是人某种形式上的生命源泉。

我从朋友圈了解到莫恩泰现在做公益，他依然戴着耳钉，穿着鼻环，头发一如从前酷炫，可是身边围满了孩子，他和孩子们一样笑得灿烂。

他还资助了一个苗寨的小男孩，那男孩是留守少年，自小和祖母生活，因为一场大火而被烧得面目全非，甚至脸、脖子、肩膀都粘连在了一起，身边所有人都害怕他、排挤他，他一度自卑得害怕跟人说话，直到后来遇见莫恩泰，莫恩泰告诉男孩他小时候也极度自卑，但通过努力让自己变得更强大，重新找回了自信。

照片上那男孩紧紧搂住莫恩泰的脖子趴在他肩膀上，他皮肤黝黑，露出一口洁白好看的牙齿，他们笑得就像一轮巨大的太阳。

姚小玲看到莫恩泰手上的尤克里里，依稀记得那把琴是在五道营胡同上第一节课的时候，老师手把手让他们DIY制作的属于自己的琴。莫恩泰手脚最麻利，他率先做完。

老师说，你可以用丙烯颜料在上面作画。

莫恩泰问，能不能在上面刻点什么？

老师说，可以。

莫恩泰想了想，在琴上刻下"mo&yao"。

通州全新发展规划出台后，城市副中心功能地位进一步凸显，通州区越来越受到众多品牌开发商的关注，多宗宅地引发激烈争夺，姚小玲所在的公司在通州的项目也多了起来。

姚小玲和莫恩泰分手后没多久就买了车子，回城经过双桥的时候，车速竟不知不觉放慢下来，她索性靠边下车。

又是一个冬季的傍晚，这时候的北京户外，真的很冷，站在双桥上看夕阳下的通惠河水，波光粼粼的水面下，繁茂的绿藻随水流疯狂摇摆，再看冬日从河的尽头一点点落下去，冰冷的晚风吹拂，不远处双桥地铁站迎来这天的第一波下班人流。

那时候姚小玲还没买车，于是和莫恩泰俩人每天早上一块挤八通线，他们穿着耐克挤，穿着T恤挤，穿着羽绒服挤，也穿着华服，拎着LV挤。

莫恩泰说，如果你在北京没坐过这一趟地铁，那只能说你喝排骨汤却没吃到肉。

他们在四惠分别，姚小玲换乘1号线，莫恩泰出地铁跑去四惠枢纽站换乘57路公交，而下午的时候，又在四惠重新会合，坐上这趟列车回到他们的双桥。

姚小玲记得和莫恩泰同居前，她在小西天跟人合租，那是一套位于二十层的两居室，透过落地窗整个故宫尽收眼底，楼下地库是一家连锁健身房和电影院，地面一层是永辉超市，她特别喜欢那套房子。

那时候钱不多，可是房租要六千多，于是姚小玲非常机智地绕过中介公司，跟房东签了五年合同。

莫恩泰帮她打包到深夜，累了就蜷缩在沙发上，整个人深深地陷了下去，就像给自己掘了个坑，尽管他一米八五，可是身体蜷起来后他就变小了，就像个小孩。

莫恩泰双脚放在墙上，吃着薯片问，你会永远爱我吗？

姚小玲想都没想说，永远爱你，为了你，我甚至不知道自己会完全变了个人似的，我愿意为你堕落，为你天天活在梦里，你说，爱情的魔力有多神奇啊。莫恩泰，你会永远爱我吗？

莫恩泰说，你记得我说过，你是最懂我的，所以毫无疑问我会永远爱你。

姚小玲走过去，贴着他的身体一起躺了下去，躺进了那个坑。

她搂着他说，我也永远爱你。

他们打包好所有行李，已是凌晨四点，天还未亮。

莫恩泰打了个哈欠说，我都饿了，咱们去吃火锅吧。

姚小玲说，我也饿了，不过我还从没在凌晨四点吃过火锅。

他们走进凌晨四点的小西天，昏黄路灯下，除了偶遇两个早早出来工作的环卫工外，再没碰到其他人。他们步行五分钟来到二十四小时营业的海底捞，大厅里一大半区域的顶灯都熄灭了，椅子被齐刷刷地倒扣在桌上，一切都陷在灰蒙蒙的夜色中。依稀明亮的营业区域大概有十多张桌子，几个昏昏欲睡的服务员东倒西歪或趴或倚在桌上，懒洋洋地疲于招呼。

他们找了一张桌子坐下，看到不远处有几个临近毕业的女大学生，她们一脸青春，或揽肩搭背，或拥抱着哭作一团，从面前火锅汤汁里蒸腾出来的乳白色水雾，和她们一样醉意绵绵。

离得最近的一桌男女，他们喝着酒边说边笑，他们装扮时髦，看样子一定刚从夜店回来，他们缠绵暧昧，满目柔情，看似即将发展成情侣。

吃完火锅出来的时候，街上人声渐渐嘈杂，空气中弥散着轻纱似的薄雾，整片天空慢慢清亮起来，透出几抹粉紫色的朝霞，那么壮阔绚烂，温暖的晨曦将他们全身蒙上一层淡淡的金黄，晨风吹拂，两张汗津津的疲惫的脸蛋，也跟着舒展开来。

后来姚小玲回想起这一段，心里都会莫名感伤，她觉得那个朝霞初升的清晨是她这一生永远都无法复刻的美好记忆。

那一刻姚小玲觉得，人生的幸福感就像喷薄的万丈霞光，正铺天盖地地向自己袭来。

她真希望时间能就此停住，永远停在这最美好的时刻。

姚小玲给莫恩泰发去一条信息，她说，双桥的夜色，平凡亦幸福,我们拥有过。

手机很快响了,莫恩泰回复:你还记得那首写双桥的诗吗?

姚小玲翻遍手机,终于欣喜地在二〇一四年的微博上找到那首诗:

夜才刚刚开始,一切正好,
开始我们在双桥的撒野,
我们不停折腾,
不用担心钱已用光,
在双桥撒野,不用花钱

春天的雨落下来,
不大不小的雨点,
便落在刚刚撑起的雨伞上,
请记住,有一个人,
在雨中的双桥默默看过你

写在故事之外

这个故事我酝酿了一年,姚小玲和莫恩泰分分合合太多次,我不知道如何处理,作为故事而言,一定需要力度才足够震撼人心,而分合多次的生活真相是,彼此的激情和热量也随之消耗殆尽了,所以迟迟无法动笔,是我没有信心。但我又极爱故事中的原型,我的好朋友姚小玲。

后来我决定仅仅用一次分手来囊括之前的无数次,把所有能量集中在这一次爆发。

写完这个故事,正是二〇一八年五一假期,这一天朋友圈再次被草莓音乐节的图文刷屏,那一张张或俊美或沧桑或久违的面孔,再一次把我们拉回到叛逆而自由的音乐时代。

很多摇滚歌手都老了,他们或淡出舞台,或有了家庭,或者,已离开人间,但他们依然在音乐中坚守,或者,成为永恒,被人铭记,他们的作品影响和触动了一代乐迷,这些乐迷很多早已步入中年,他们一定会用自己独特的方式向曾经文艺而不羁的生活方式告别。

而朋友圈里,我还翻到姚小玲,此时她身在贵州台江大山里,和莫恩泰一起用音乐关爱每个需要温暖的孩子。

夜来香

我记得我曾经问过刘小溪。

我问她,你为什么那么爱他?

为什么在你心里,他和另外那些走进过你生命的男人会那么不同?

刘小溪说,她有时候也会问自己这个问题,却一直找不到答案。

他搬进来后,刘小溪第一眼见着他,看到他脸上涂着厚厚的科颜氏白泥面膜,穿着大T恤衫,戴着复古眼镜,他房间里黄莹莹的落地灯,把他照得更瘦,更高。

北京的桑拿天漫长而焦灼,一天下来,整个人身上都黏糊糊的,而阳台上那一大蓬房东先前留下来的夜来香,串串乳白色小花暗香浮动,虽没有风吹进屋里,却能撩起阵阵凉意。

他见刘小溪进来,就笑嘻嘻迎上来讨好说,美女,为什么选我当室友？这里地段好，出小区大门左拐两三分钟就是太阳宫地铁口，房子又是新装修的，别说价格低，就是再加上一千大洋，这阳光好房分分钟就能租出去。

刘小溪立在他房间门口，一只手撑扶着门框歪头看他，她说，我就是犯懒，不喜欢多事儿的人。

记得那天午后他来看房，天下起瓢泼大雨，天色愈来愈阴沉，刘小溪料想他一定不会来了吧？正这样想着就听见他敲门。他全身湿透了，那飞鸟花色白衬衣紧紧贴在他皮肤上，底下肌肤颜色隐约可见。

刘小溪递给他一块毛巾，他接过去一边擦脸一边观察房间摆设，他很快看到阳台上那盆夜来香，历经疾风骤雨，地上早已残花败絮一片。他竟径直走过去将其往里挪了挪。

刘小溪想他面目清秀，心也细，看上去事儿应该不会多，而且最主要是他虽然有女朋友却也难得相聚，比起那些过来看房的小情侣和单身女，显得好相处多了，所以她当下决定让他住进来。

新室友是个文艺男青年，他的书架上摆满了各种类型的书，建筑类的、心理类的、艺术类的、小说类的，刘小溪偶尔去挑他的书看，廖一梅、村上春树、冯唐，这些都是她的心头好。

很多人都说在北上广，很难找到城市归属感。北漂八年，刘小溪住过地下室，住过四五家挤一处的合租房，奋斗那么多年，搬过那么多处地方，刘小溪都能轻松营造出家的感觉。

刘小溪说这其实很简单，只要你爱这个城市，只要你把心交给它，它就能给你温暖。人和城市是需要建立信任感的。

下班路上从地铁口顺手捎一束鲜花捧回家，或者在巷子口买上一把烤串，外加一听可乐，推开阳台的窗，让城市晚风吹进来，疲惫也便被吹散了。

家的感觉一定是弥散在空气里的怀旧气息，或是一种隐隐约约的熟悉感。好比厨房里的油烟味道，或是推开门扑面而来的墙壁、木地板味道，也许房子先前住的是别人，有一天你接手了它，久而久之那味道便也就成了你的味道。你顺手打开电视，里面传出哪怕是《新闻联播》的背景声，都能让你那颗疲惫漂泊的心沉静下来。

有一天我问刘小溪，你的新室友怎么样。

她说，挺好啊，住进来俩月相安无事，而且他女朋友一直没来过。这让刘小溪怀疑他有女朋友这件事是不是真的。

我有意引导，你怎么不问问？

刘小溪白了我一眼说，你知道我压根儿就不是八卦的人。

刘小溪不是不善言辞的人，也不会没事装高冷，出去派对、旅游，分分钟就能跟陌生人打成一片。可是自从新室友住进来，刘小溪觉着家里竟生出一丝奇妙的氛围。

他并不像表面看上去那么腼腆。他说刘小溪的微信头像和他之前网约对象的头像相似，竟发了些莫名其妙的内容给她，刘小溪跟他语音调侃，他倒大大方方嘻嘻哈哈一笑而过。

事后我说，傻子才会把网约对象看错吧，我倒觉得他是在有意勾搭你，只怪你不解男人的风情和那些惯用的小伎俩。

刘小溪又白我一眼说，所以可见你也是用惯了这样的手段吧？

我苦笑，真不是，迄今我还没有遇见一个女子让我这样处处刨坑、处心积虑过，我不知道这算不算可悲。

有一个周末夜晚，刘小溪窝在床上看书，突然听见他在客厅喊刘小溪帮忙，他说洗衣机排水管漏水了。

刘小溪脸上正敷着面膜，她跳下床，胡乱扯过浴袍套在吊带睡衣外头。她一手拽住自己的领口以免走光，一手则拿盆接水，他们挨得很近，甚至能感受到彼此身上弥漫出来的温度。他目光如火，烧得她脸蛋一阵阵发麻发烫。

他们合作了半天，漏水问题终于解决，刘小溪心里顿生安全感，她想，家里有个男人终归是要好很多啊。

他们打开洋酒庆祝，看他笑得那样天真，她突然害怕这种无所不在的熟悉感，这种熟悉感就是家的味道，这种味道无论你渴盼多久,一旦降临,总让人猝不及防,你深深地沉醉下去,再也难以戒除。

刘小溪心里很有一种引狼入室的感觉,即便他不是狼,他也是一颗慢性发作的毒药,一颗定了时的炸弹。

他们看似相处随意,却日渐亲密。

刘小溪眼巴巴地等着他毒效发作,等着他定时爆炸。

他们一起吃早餐,无论谁做都会多备一份。他会长久迷恋一种食物,有段时间他极其热衷三明治。他做的三明治很简单,吐司、煎香肠、煎鸡蛋、沙拉酱,再搭配牛奶。而刘小溪喜欢加入西红柿和牛油果,再煮上两杯咖啡。

他似乎从来不知道厌倦,而刘小溪在吃了两周的三明治后终于忍不住换成了白粥。

他睡眼惺忪地出来,笑着问候,早啊,勤劳的厨娘。

刘小溪不动声色地说,大概我不阻止,你就会一辈子只吃三明治吧?

他脸上依然明媚,说,有可能啊。

有一次我抱了几本刚读完的小说送去刘小溪家,进门的时候见他正在厨房忙碌,而刘小溪依然窝在床上看书。

他从厨房探出头说他刚炸了薯条,但是失败了,让我们赏脸过去吃点儿。

刘小溪趿拉着棉拖鞋跑去厨房笑话他半天,她说,这是她迄今见过最优美的薯条了。

我忍不住调侃,我说你们整得真像二人世界。

刘小溪太容易坠入一段感情了,她依然那么爱做梦,对待生活中的人和事,她从来不知道设防。

可是到底为什么那么重视他?他与那些曾经进入过刘小溪生命里的过客到底有什么不同?

难道仅仅只是因为他只吃三明治的专注吗?回想过往的点滴,刘小溪大概从来没有和一个男人那样一起朝夕相处,心怀依恋过吧?

后来,他女朋友终于还是来了,那是个金发碧眼的意大利姑娘,虽然只待了两天,但依然让刘小溪失落不已。

他和意大利姑娘在房间有说有笑,他们一起喝酒,一起看电影,一起在房间里调情尖叫。

刘小溪把音乐开得很大声,后来干脆用耳机堵上了耳朵,可是刘小溪心里还是刮起了风下起了雨,就像他们初遇时的那场夏雨一样,下得铺天盖地,下得迷乱了眼睛。

刘小溪打电话给我,她说她心里难受。

我说,他现在什么都不是,却已经占据了你的世界。

我说,刘小溪啊,要知道他是有女朋友的,你们应当保持距离。

可是该发生的终究还是会发生,毕竟,这个城市里的人大多寂寞。很多人在一起不是因为喜欢相处,而是因为害怕孤独。

临近过年放假,有天晚上,他俩靠在沙发上看斯嘉丽·约翰逊主演的情色科幻电影《皮囊之下》。后来发生的事情,让刘小溪牢牢记住了这个主演的名字,再也忘不掉。

他们一边喝酒一边等待电影缓冲,他转过头突然说,刘小溪……

刘小溪转头看他,还没来得及说话,他就将她按压在身下,他开始狂热地吻她,他的吻那么热烈、那么要命,都快要把她吻化了,甚至让她忘记了挣扎。

他炙热的双唇贴在她的耳畔,直勾勾地说,告诉我,你多久没做爱了,你真的不想要吗?

这一句句话逼问得刘小溪竟然无法反驳,她像蛛丝上的猎物一般无处可逃。她鬼使神差地想,是啊,何必一直寂寞呢?

那灌满了毒药的弹丸,终于爆发出惊人的威力,他在刘小溪心头炸开了一道明晃晃的口子,她不用再眼睁睁守着盼着了,那原本看不着摸不透的世界终于清晰了,那一天天积蓄的能量,从这道口子里喷射出来、一泻千里。

他很瘦,很疯狂,他的冲动和白天简直判若两人,刘小溪抱着他,就像抱住一团坚硬的骨头,可是他动作粗暴,浑身滚烫,刘小溪忍不住忘情地把身体投了进去,就像来了灵感的画家一样,他手中的画笔蘸满颜料,在纸上着急发泄灵感,泼洒渲染那团迷乱而抽象的世界。

他不止一次告诉刘小溪,说她就像那盆夜来香,在晚风里摇曳身姿,静静吐露芬芳。

一开始,刘小溪只当他文艺青年诗性发作,后来听得多了,刘小溪真觉着自己是夜来香了。摄影师孙郡用水墨工笔画风拍了孙俪,拍了范爷、刘雯,还拍了《百花录》,如果把一个女子对应一种花卉,想来,刘小溪一定就是这夜来香了。

他和她道歉,他发来信息说:对不起,都是我的错,明天我就要放假回家了,提前祝你新年快乐!

什么鬼!?

刘小溪莫名想笑,心里却空荡荡的。

随着农历新年临近,小区里人们行色匆匆,他们的神情也变得更专注、更冷漠。

再过几日,整个北京城人口将去一大半,那时候北京的道路将不再拥堵,雾霾也将散尽,这就是北京的年味,冷冰冰,却难得清澈,就像找回最初背着装满梦想的行囊来到北京时的记忆,那时候的疏离感是对这个城市最大的感受。

刘小溪并没有告诉我他们之间发生的事情。她不准备加入返乡潮，她要留下来过年。

小时候刘小溪妈妈曾带她算命，那算命先生说"刘小溪"音同"流溪"，留不住，也回不去，只会一味向前奔流，要么汇入大海，要么中途干涸。

她是个没有家的人。所以刘小溪在北京那么多年，很少再回老家，她说妈妈改嫁后，那个家就不是家了。

刘小溪问我怎么安排，我说家里父母都老了，必须回去，回浙江的票并不紧俏，飞机、高铁，随买随走。

春节期间，我有事没事就给刘小溪打电话，我害怕她寂寞。刘小溪在电话那头却活得有滋有味，不是在后海溜冰，就是在去逛庙会、吃火锅的路上。

假期结束后，刘小溪和他装作什么都没发生过一样。可是刘小溪心里却有种隐隐的预感，他们这种莫名的关系并不会结束。

有一天晚上，他喝醉酒回来，直条条地躺床上，嘴里却不停地喊着刘小溪的名字。

他说，刘小溪啊，刘小溪，我好冷。

刘小溪走进他的屋子，他嶙峋的肩骨露在被子外面瑟瑟发抖，刘小溪估摸着他是发烧了，帮他盖好被子后，刘小溪就回到自己房间取体温计。

她想，孤身一人在外最悲凉的莫过于生病后的无人问津。所以常有人言，在这座城市里，人连生病的资格都没有。

远处烟花绽放，忽明忽灭。刘小溪想，是谁这般放荡，大冷天在三环内燃放爆竹呢？大底也是因为寂寞吧？

他突然赤身裸体推开门闯了进来，这一次刘小溪没有一丝反抗，她想，既然已经发生，那就顺其自然，继续发生该发生的吧。

她觉得自己其实并没有那么贪恋他的身体，他粗暴的做爱方式并不是她喜欢的，可要命的是，她丧失了拒绝的能力，或许唯有放纵才能让内心充盈。

那晚，他睡在了她的房间，他的身体很烫，连嘴里呼出的气都是热的。整个晚上他们十指相扣，直到天明。

女人们向往的爱情大概就是和一个喜欢的人一起失眠，一起入眠，又一起醒来吧？

有一回，他弟弟来北京旅游，他弟弟和他很像，高高瘦瘦却阳光可爱。他弟弟正读高三，一心想要报考北京的大学，他说他就想趁着假期来北京看看，这样会让他更有动力。

他们仨相约去故宫，还去了长城。三月的长城，远近景致辽阔而苍凉，寒风呼啸，星星点点的积雪藏匿在斑驳的黑岩之间，铮亮的白，锐利刺目。刘小溪穿得少，他把自己的围巾摘给刘小溪，而自己却冻得耳根通红浑身打战。

刘小溪过去来过很多次长城,我说那长城有啥看头,光秃秃一堆石头,刘小溪说每次去的心情不同,景色也会不同。刘小溪说,这次和他们哥俩去长城是她最开心的一次。

经过一天折腾,那晚他们哥俩早早睡下,而刘小溪却躺在床上开启加班模式,可是没过一会儿,他蹑手蹑脚推门钻进了刘小溪的被窝。

刘小溪小声责怪,你弟在呢。

他狡猾地笑,我弟睡着了。

这一次他们没有做爱,这一次他只是搂着她。她轻靠上去,听见了他的心跳。

我不止一次质问刘小溪,你们现在到底算什么?

刘小溪答不上来,她也没有勇气跑去跟他讨要答案。可是刘小溪发现自己的行为越来越怪异无常,她会牢牢关注他的一举一动,她会因为他整夜整夜的失眠,直至崩溃。

突然有一天,他消失了。

刘小溪发了疯地满世界找他,他的电话处于关机状态,刘小溪就打他公司电话,打他弟弟的,还找来了意大利姑娘的电话,电话里意大利姑娘用不太流利的中文说,他们已很久没联系,他们早已分手。

刘小溪恨他,却发现自己根本没有恨的资格。

他们到底算什么?

刘小溪努力不去想他,她害怕回家,所以那段时间经常约我喝酒,她每天都在外面晃荡到深夜才回去。

终于有一天,他重新出现在刘小溪面前,刘小溪强忍怒火说,我们喝酒吧。

他愣了愣说,好。

他们并排坐在沙发上,却彼此沉默。

人和人大抵这样,即便他穿透了你的心,你的身体,你的灵魂,却依然在某一刻一不小心陷进冰冷的沉默,你发现你们有着难以逾越的陌生距离。

刘小溪说,这段时间你去了哪儿?

他说,就是心情不好去涠洲岛走了走。

刘小溪喝了口酒,脸上多了些神采,她努力挤出笑容说,你来说说我吧,我在你眼里是什么样的人?

他和她四目相视,他说,你很好。

刘小溪冷笑,你能真诚点吗?

他说,我怎么不真诚了?

刘小溪说,如果你是真诚的,那你就不问问我,问我是怎么看你的?

他问，你是怎么看我的？

刘小溪说，你根本不是什么好人。

刘小溪说完，眼泪就夺眶而出，她将杯子里的红酒一口饮尽后起身离开。她还是没法启齿问他，你到底爱我吗？你到底爱不爱我？你愿意和我在一起吗？

他在背后轻声说，刘小溪，我要去新加坡了。

刘小溪停住脚步，却没有回头，新加坡几个字听得真切，她的肩头禁不住上下颤动起来。

他说，是的，刚收到的工作录用通知，估计一个月后就要离开北京了。

刘小溪强忍悲伤说，那，恭喜你。

刘小溪此时倒是释然了，那些爱不爱的问题再也不必问出口，再也不用告诉他曾因为他彻夜失眠，因为他的消失而满世界寻找。

如果时光倒流，她一定把他当成最陌生的邻居，井水不犯河水。

有人说，放过别人，其实真正放过的是自己。然而太多人喜欢为难自己，和自己较劲儿。也许我们无法选择自己怎么想，但是要知道，让你受苦的是你的想法，不是那个人和那些事。

临走前的一个晚上，他手忙脚乱在厨房煮面条。刘小溪记得他刚搬来不久那会儿也煮过面条，那次他煮失败了，因为煮了很久，那面条依然是夹生的，刘小溪笑他奇葩一朵。

刘小溪不忍他再折腾，于是走进厨房调侃说，连煮面条的技能都没上线，在新加坡能活下去吗？我真为你深表担忧。你出去吧，我给你做。

她关上厨房的门，眼泪又一次模糊了视线。

我说，刘小溪你丫就是犯贱，你知道吗，他就一渣男，你应该在面条里放泻药。

刘小溪淡淡地笑，她说她永远羡慕那些爱憎分明的女孩，她们爱会爱得用力，恨会恨得彻骨。

有的人天生就不具备这种能力，他们做不来，也学不会，他们说话做事瞻前顾后，他们永远在找一个最佳尺度，他们不忍心伤害任何人，可是最终被伤害最深的往往是他们自己，而旁人全然无法明白他们做出的努力。

就像夜来香，夜晚最芬芳，夜晚，是它们最好的颜色。

不久，他就飞去了新加坡。他的房间很快腾空了，他的书，他的碟子，一并他的气息全消失了，唯独那盆夜来香。刘小溪想起他以前无论上班多忙都不忘给它浇水，春节的时候怕它冻坏，他还特意把它挪到了房间。现在，它在阳台上郁郁葱葱，一刻也不曾忘记生长。

有一天，刘小溪接到中介电话，有人约了看房，刘小溪拿了拖把准备打扫他的房间，她看到床底下掉了一张用拍立得拍的相片，刘小溪拿在手上，照片上是他们俩站在长城烽火台上的合影。他没有看镜头，他正侧脸看她。

他的房间空置了很久，中间也有不少租客在中介陪同下来询问的，刘小溪一个也没有看上。

半年后，她接到一个陌生号，是他的声音。

他只说，夜来香。

刘小溪问，什么夜来香？

他说，我现在住的地方长了很多夜来香。我又见着夜来香了。

刘小溪说，你就为了这给我打电话？

他说，我想回来。

他说，世界上最近的距离不是唇齿相依，而是，我在千里之外说，我在路上，而你，依然在等我，就像那夜来香，寂寥，隐忍，幽香成片。

写在故事之外

我想象过无数次刘小溪披着数米长的头纱,在呼伦贝尔草原上奔跑的画面,纱裙飞舞,在风里轻得像云一样,刘小溪笑成了一个孩子。

快乐就是和最好的朋友一起,回到童年。

我们相约去六月的呼伦贝尔,这时候的草原在蓝天白云的映衬下更绿了,不同的时节,不同的野花次第开放,远处牛羊慢慢悠悠自得其乐。

拍摄过程中突降大雨,我们遇到一位草原放牧大姐,她用蒙古族人民天生的好客邀请我们去蒙古包里避雨,她给我们盛上好喝的奶茶,听了刘小溪的故事后,还拿出了自己和丈夫的婚服让他们换上。

虽然刘小溪的小体格穿上那盛装显得太肥大,但化身游牧民族小夫妻的他们,依然沉醉在草原和草原人民带给他们的幸福里。

爱上双鱼座

你还好吗?

我嘛,还不错。

关悦悦和穆子夏分手两年后,在东四大街吕记驴肉火烧门前的老杨树下再次相遇。

爱是未完待续的约定,一场久别重逢的旅行。即便当年挥了手,转了身,拉了黑,以为世界很大,从此真的可以不见,不念,但关于他的一切消息似乎从来没有间断过,即便渐行渐远,也会再相见。

就像不久前,一段关于六对分手恋人再次重逢的视频,在朋友圈里迅速走红,视频里有人笑着笑着哭了,有人哭着哭着笑了,有人睁开眼看到久别重逢的对面人,抡手就是脆亮一巴掌,随即愤然离去。

甜蜜的、无言的、痛苦的,重逢的样子各不相同,对关悦悦和穆子夏来说，重逢那一刻是久别后欣喜若狂的温暖，他们不约而同地笑，一脸阳光，眼泛泪花。

关悦悦说这些的时候沉浸在幸福的回忆里，我们并排坐在马尔代夫柔软的沙滩上，听清晨湿咸的海风划过洋面，海鸟们快乐嘶鸣，海水一遍遍亲吻脚尖，朝霞万丈，映射在她轻施脂粉的脸蛋和刚盘好的乌黑发髻上，她的周身闪现着色彩斑斓的光环。

任何一个新娘，只要穿上婚纱，都会散发油画般质感的光晕，这种"光晕"会让你忍不住凝视，而于我来说，她的妆面，她的发型，还有她因此从每一寸肌肤每一粒毛孔直至指尖散发出来的气质，都是我精心打造的作品，我喜欢一遍遍审视检阅自己作品的满足感。

她想眼睛画得大而有神，但又不想看起来太过浓烈，所以我没有为她画眼线，而是用同色系不同明暗度的眼影晕染勾勒眼型，上下种植仿真睫毛。从平面到立体的延伸，突出眼眸的空灵之气。眼影是颜料，化妆即是画画。

我一向崇尚简约风，五官已足够精美，婚纱已足够惊艳，还有眼前这满目的海水蓝和宛如漂移大陆的金色浮云，过于烦琐的外在都是沉重的累赘。

摄影师宋艺正在我们身后补拍穆子夏单独的镜头，宋艺说，关悦悦的片子已拍得足够多，没办法，她张牙舞爪像个女汉子，抢起镜头信手拈来,且她五官姣好,无须刻意寻找角度,就能把她拍得十分美丽。

穆子夏是个羞涩的双鱼座男孩,虽然关悦悦一再跟我说相比两年前分手的时候,他已成熟太多,街角重逢的那一刻,她看到他眼睛里透射出的坚定和成熟,让她毫不犹豫重新把手放进他的手心,让心住进他的心里。

一切都自然而然,对的时间遇到了对的人。他用两年时间成长,从那个敏感、脆弱、多疑,遇到烦恼就会流泪的极品双鱼男进化成一个成熟稳重,对爱有了更深刻理解的男人。

那年他们分手后,穆子夏发烧一个星期,如果不是弹弓告诉她,她一定不会知道他生病这些事情。

穆子夏和关悦悦磕磕绊绊一路走来不容易,俩人都是弹弓的好朋友,看到他们分道扬镳彼此决裂,弹弓也深感惋惜。

有一天穆子夏约弹弓打篮球。

弹弓懒懒回应,外面那么冷,你正烧着呢打什么鸟球。

穆子夏说,少废话,我在操场等你。

弹弓来到东四文化宫球场的时候,里面空荡荡的,只有穆子夏一个人摇摇晃晃运球,看着他瘦到不行的背影,弹弓无奈地叹了口气。

穆子夏打不动了,干脆一屁股坐地上,他四仰八叉躺了下来,看北京上空灰青色的天，看那篮球缓缓滚落在不远处的花坛里。

那时候正是腊月，室外空气异常冰冷，穆子夏嘴上哈着白气说，弹弓啊，我想撸串。

弹弓和穆子夏抱着篮球，慢慢悠悠走到胡同口那家他们仨过去经常关照的"毛氏串吧"，然后他点了一堆吃的，弹弓一动不动坐穆子夏对面看着他吃，看他吃着吃着就开始流泪。

穆子夏说，就是忘不了她，走哪儿都是关悦悦的脸，生气的脸，开心的脸，大笑的脸，撒娇的脸，肆无忌惮胡吃海塞的脸，就爱看她吃东西的样子，那样子最傻最天真，那就是北京大妞的范儿。

弹弓说，你行了，别哭了，动不动就哭多遭人嫌弃。

弹弓走到外头深吸一口气说，吃完你自己先回去。

穆子夏说，干吗去，你怎么好意思抛弃一个病人？

弹弓说，关悦悦让我陪她看电影，你需要陪，她也需要，我可真是受够了你俩，我分身乏术啊！

那会儿韩寒的《后会无期》正热映，关悦悦等在电影院门口说，看完，或许就后会无期，永不相见了吧。

嘴上越是轻描淡写，心里越是被揪到心碎。那些一起喝酒吃麻辣烫，追公交挤地铁的记忆，还有那年夏天深夜在三环上绕城骑行，那是他们献给十八岁成人礼的纪念，大学毕业领到第一份薪水后，三个人跑去吃人生最贵的大餐，不久却因为联名举报经理而被集体辞退，他们仨嬉笑着从公司大楼里昂步走出，头也不回，后来他们一起创业失败，输光了所有，也没有输掉友谊。

总有几个人在你我的生命里未曾缺席。回忆就像一条长河，掰开指头细数那些依然青春的陈年往事，就如一枚枚从河中重新捞起的色彩斑斓的石子，在你手中闪闪发光。

关悦悦曾经问弹弓，你觉得我会是漂亮新娘吗？

弹弓盯着她认真看了半天，慢悠悠说，未必，除非你把头发养长了。

可是关悦悦后来一直没有把头发养长，虽然有段时间她刻意把头发养到肩膀以上的长度，可是突然有一天照镜子，怎么看镜子里的人都不像自己，后来她索性找理发师剪回了原来的长度。

摄影师宋艺很期待关悦悦能拍出性感的状态，但是关悦悦始终没法进入情境，哪怕露出香肩、撩拨纤长大腿，出来的还是满满爷们气质。

这让宋艺很无语，于是他设计了让关悦悦和穆子夏打闹的剧情，可是关悦悦入戏太深，动作太用力，假戏真做，倒真的开始暴打穆子夏，穆子夏连连求饶。

我独自行走沙滩，海风把我的黑礼帽卷落，脚边小螃蟹不时露出海水，吹着泡泡仓皇逃窜，而我身后不时传来他们的嬉笑怒骂，不禁感慨，幸福和美丽从来是一件特别简单的事情，不用刻意，不用匠心粉饰，美丽就在那里。

就像陆小曼一生最美的照片，就是她和徐志摩的结婚照。她穿一袭白纱，只那么相依相偎，淡淡的笑，一举手一投足，却已娉婷动人。

双鱼座敏感、腼腆、爱幻想，即便拍起照来依然会放不开，眼神依然会游离，可他已努力蜕变成最好的自己，相信未来有她相伴的漫长岁月，他会更完美。

关悦悦抡脚朝着穆子夏踢飞沙子，而那金色沙子在阳光下飞扬开来充斥整个画面，特别有视觉冲击力，宋艺抓拍到了这张照片，那是关悦悦特别喜欢的照片。

弹弓曾经对穆子夏说，你一定要找个人多的地方跟关悦悦求婚，她可是个爱热闹的女孩儿。

可是后来，穆子夏抱着鲜花拿着戒指，终于还是躲躲藏藏地找了个静悄悄的拐角，一紧张他早已忘记在弹弓跟前演练了无数遍的大段台词，他红着脸结结巴巴地说，关悦悦，永远爱你。

关悦悦红了眼圈说，好啊，只要你不再玻璃心，同时还能接受我无处不在的蹂躏。

穆子夏说，当然愿意。

关悦悦说，来麻溜着，先做一百个俯卧撑！

坐在藤椅上的女人

我有个叫英子的学生,来自成都,她老家住的地方离市区有七八里路,高中那会儿每天清晨都骑着她那辆绿源电瓶车去上学。

那片老住宅区的住户大多是退了休的老人,平常这一带十分静谧,细长的柏油路从这些两层式砖瓦房面前弯弯曲曲伸向远方,最后绵延着淹没在那片已经泛了黄的银杏林里。

英子的爸爸几年前去世后,她和老妈秀琴从市中心搬到了这里。秀琴说她图的就是个清静,虽然英子一开始很不习惯,毕竟她那些同学朋友都在市区住着。不过日子一久,她倒也慢慢喜欢上了这个地方。特别是那片银杏林,它们一株挨着一株,在秋天阳光充沛的日子里,只管安安静静一脸享受地伫立在那儿,等待阳光轻抚它们。

它们窸窸窣窣在秋风里摩挲起舞,它们在阳光底下有节奏地攒动摇摆,不计较舞得好不好看,它们就像湖面成群结队游过来的鱼，脊背上整齐的鳞片闪闪发亮。

高二那年，她家隔壁楼里住进来一位新邻居，隔壁房子的原主人是一对中年夫妻，平常英子家和他们也没往来，他们到底什么时候搬走腾空房子的，英子无从知晓。

这天清晨，天色尚早，昨天雨下了一夜，直到拂晓时分才慢慢歇住，所以柏油路上湿漉漉的。英子突然听到老妈在门外喊帮忙，她说，隔壁楼里来了个新邻居。

秀琴是个不爱管闲事的人，特别是丈夫死后，她的话更少了。

英子想老妈为什么突然变得这样热心肠起来？她想象着新邻居到底是怎样一个人。是男是女？长什么样？

她从床上飞快跃下，穿好衣裤，趿拉一双棉拖鞋跑到屋外。

这时候已是深秋了，英子深吸一口气，裹挟着寒气的清香沁入心脾，她贪婪地伸了个懒腰，看着门前那一大片绵延在柏油路旁的金黄色银杏叶，在渗满湿气的晨风中热情翻飞，飞着飞着就悄然告别了枝丫，飘舞在空中。

新邻居是个穿风衣的高挑女人，一头乌黑长发，但因为她和老妈都半猫着腰抬那从车上取下的大箱子，英子无法看清她的五官。

她们放下箱子。老妈说，她叫叶丽倩。

她转过身来，五官漂亮极了，尽管看上去已有三十多岁的模样，但她的皮肤洁白剔透，没有用唇膏，没有描眉，就是这样一张素净的脸在薄雾漫天的清晨显得楚楚动人。

有这样一些人，她们天生就不需要化妆，不需要刻意捯饬，这样说并不是说她们皮肤多好，五官多漂亮。她们的气质就是最好的妆容，甚至连一丝裸妆都是多余的。

她的行李不多，两只纸箱，两只皮箱，在秀琴母女的帮助下她的行李很快就被搬进屋。

屋子里空荡荡的，没有一件家具，英子就说，怎么没家具呢，你怎么住？

慢慢添吧。叶丽倩笑着环顾一圈房子说。

这里有积水，看来屋顶是漏了，得修修了。英子仰头看了看楼板。

对，该修修了。

墙壁该粉粉吧？英子又摸了摸那潮湿的翻起皮的墙壁。

嗯，是该粉粉了。

还得买一瓶空气清新剂给喷喷，屋里味道挺奇怪的，英子捏了捏鼻子说，是什么味道呢？有老鼠尿的味道，还有霉烂……

英子，你该上学了！老妈及时打断英子的絮叨。

她几乎撑着英子往外走，叶丽倩把她们母女送至门外，互相道别后，英子搂住老妈的一只胳膊，慢慢往回走。

英子说，你好像很关心她。

有吗？我就是觉得她不容易。秀琴看着路的远方，放缓脚步。

她怎么了？

她前面的老公没了，现在又准备嫁给一个年纪大她很多的男人。

英子默默回头预备从视线里重新找回叶丽倩的身影，此刻叶丽倩正站在院子里静静地看着银杏树发呆。

难怪她有点忧郁，不过话说回来，真的挺美。英子回过头把脸靠在老妈肩头忍不住感叹。

看得出来英子妈妈挺喜欢新来的这位邻居，或许是因为漂亮，或许是含蓄优雅的样子刚好契合了她喜于安静的性情，或许，是同病相怜？此后，英子妈妈经常给新邻居送一些小东西，亲手包的粽子，煎的灌饼，或者是发出来的新鲜豆芽。

英子后来陆陆续续听老妈说过那个男人叫老田，是一个上市集团老总，早年妻子死后，一个人辛苦抚养儿子，一晃现在儿子都硕士毕业了。

有天下午从学校回来，英子看到叶丽倩正蹲在屋顶整理瓦片，地上扔满了零零碎碎的瓦砾。英子停下车挥了挥手，冲她喊，需要帮忙吗？

叶丽倩冲英子笑着摇了摇头。

她的头发已被漫不经心地盘了上去,可是盘上去的样子也有说不出来的舒服。

英子还是决定去帮她。屋顶倾斜的角度很大,让人感觉重心不稳,而且叶丽倩整个人和房子的比例十分突兀,你会觉得这个女人很弱小,会有随时往下滑落的可能。

有些女人从骨子里透出自立自强的架势,往往叫男人们望而却步,而有些女人穿的衣服、化的妆、说的话,浑身上下甚至于每一个毛孔都伪装成金城汤池,这类女人愈是伪装,反倒愈是让人怜悯起来。

英子来到墙角,一边攀爬梯子一边对叶丽倩说,墙粉了吗?

粉了,现在的颜色喜欢吗?

墨绿……要是再淡点儿就更好了。英子露出半个头,看到了叶丽倩的眼睛,那眼睛安静得就像天边紧挨着云层的湖泊。

再淡点儿?英子,你真有趣呢。叶丽倩笑。

你真的准备和老田结婚吗?英子冷不丁换了个话题。话一出口,她就后悔了。

叶丽倩停住手上的活,身体重心却禁不住向后掉,她的脚一用力,踢松了脚底下一张长满青苔的瓦片,那瓦片径直滑落下去,她和英子静静对视两秒后,听到下面传来一声尖利的脆响。

她吃力地稳好重心后褪下手套,她试图认真地看英子,却又似乎要逃避眼前这少女烧灼的期待目光,她的眼睛里充满不安和惊讶。

天色阴郁了一些,风吹过来,扬起叶丽倩未曾盘上去的那些随意的碎发。银杏叶又开始抒情地摇曳,它们跟随风的舞步缠绵飞扬,就像离开家乡的少年,开始一段未知却短暂的探险。

英子承认自己是个头脑大条的多嘴姑娘,她总是胡乱发言,即便后来考入北京的大学,走进我的课堂,有时候也会讲一些和课堂毫无关系的话,在我课上我不止一次教训她。

英子老爸还活着的时候,英子就因为多嘴而经常被他拧嘴角,他越拧,英子就越要顶嘴,无论人前人后,父女俩谁也不服谁。

英子的记忆里都是他那张打骂老妈时扭曲变形的脸,现在这张脸有点模糊了,可是定睛再看一看,它又会在脑海里重新清晰起来。

我只是想知道。英子边说边递给她一张完整瓦片。

英子,你的年纪估计还不能完全懂得大人的事情。

英子说,过去我一直劝老妈再婚,在老爸还没死的时候就天天鼓动他们离婚寻找新的幸福,在我看来,不开心的凑合就是卑微地活着,为什么要这样?人活着不就该把时间花在值当的那个人身上,去做一些值当的事情吗?

叶丽倩摇摇头说，可是你妈妈心里未必真的恨你爸，人和人的感情很微妙，所以你不能明白她的心情。

笑影轻轻地重新蒙在叶丽倩脸上。她径直翻过房顶去了另一面，英子听到那边传来叮叮当当的声音，然后她立直了身体，英子重新看到了她素颜的脸。

她冲英子笑了笑。

英子一张一张给她递送瓦片，偶尔她们的手会有轻微的触碰。叶丽倩的手很凉。每一次触碰，英子都会抬头看看她的眼睛。

她们各自怀揣着自己的心事默然不语，直到秀琴立在门前喊英子吃饭。

英子回到家的时候，秀琴已经坐在饭桌前等她了。

我问她了。英子咬着筷子说。

什么？

我问她会不会和老田结婚。

你真是多嘴，信不信我拧你嘴角？

秀琴很生气，没再说一句话，想必，这使她想起了过去的事情。她简单地扒拉几口饭，把碗一推，径直走进那间昏暗的卧室，一动不动地笔直躺在床上。

风越来越大了，从半掩的窗户吹进屋里，那碎花帘子扬得高高的，在空中撒泼似的扑棱起来。

英子径直进去关上窗户，那帘子偃旗息鼓似的蔫儿了下来。

屋里很黑，但她依然能看见老妈脸上有亮晶晶的液体在滚动。

那时候英子上初一，他们每回吵架英子都劝她离婚吧，给她找个后爸吧。英子清楚记得有个周末的早上，她看见老妈泪流满面，穿着一件白睡袍在屋里晃荡，就像飘忽不定没有脚的游魂。英子越想越委屈，人为什么要这样活着？如果不爱了为什么还要在一起互相折磨？英子走上去用力推她，打她，歇斯底里地吼骂她懦弱。英子喊，为什么不离婚，为什么要这么犯贱无休无止被他欺负？她用完所有力气，然后抱着老妈大声痛哭。

那一幕时常在梦里将英子惊醒。

后来英子就不敢回家了，每天在外面晃荡到很晚才回去，等她推开门进去，发现老妈趴在桌上睡着了，每天如此。她心痛得浑身颤抖，她把指头放进嘴里，咬出血却浑然不知。

柏油路上的银杏叶越来越多了，风一吹，像潮水似的扑闪起来，一个梦覆盖另一个梦。

英子每天早晚两次经过叶丽倩家门口的时候，都能看见她。有时候她在银杏树前发呆，有时候她在晾晒衣服，有时候她在叮叮当当敲一些碎木头。她们只是远远挥手，随意微笑。

有一天，英子看到她家门前多了一张白色原木长桌，还有几把白色藤椅，那上面落了一些这个季节的银杏叶。

英子远远问她桌椅是不是她做的。

她双手抱在胸前，一脸得意地说，桌子是我做的，藤椅是二手市场买的，我在藤椅上油了白漆。

你真能干。英子说。

英子一遍遍仔细安抚藤椅上起伏不定的脉络，白色油漆在隐约间依旧能透出藤蔓的棕褐原色。

她看英子抚摸那藤椅，不自觉也伸过手来搭在那软软的扶手上，于是她的身体也弯曲了，她那一头清爽的黑色长发也就从肩上滑落下来，整齐地贴在她的右胸上。

几枚熟透了的白果"嗖嗖"地从天而降，有一枚竟落在了英子的肩头。

叶丽倩深吸一口气，下嘴唇含在嘴里，想到了什么似的说，咱们去捡白果吧？敲开来取出里面的仁，可以煲汤。

她们走到路尽头那片茂密的银杏林里，她们猫着腰在草丛里寻找，英子走前边，叶丽倩认真地尾随在后头，有时候会有意无意地把手牵在一块儿。她们哪里都捡，有时候会跑进灌木丛里掏那几颗顽固的，有时候会一起撬开大石头取出卡在里头的，甚至会把落在溪流里的白果重新捞上来。

天色渐暗的时候她们已经捡了不少，她突然停下脚步叫英子。

英子回头看她。

老田找到我了。她背过身去,颤抖地深吸一口气。

所以你搬来这里,老田压根不知道。英子恍然大悟。

不知道。所以之前你问我是不是真的会和他结婚,我该怎么回答呢?

你一直在逃避。英子说。

我有过一段十年的恋爱。叶丽倩抬头看了眼英子说,我和巍巍从高中到大学再到工作,我们整整相爱十年。

我喜欢大海。那时候我们的钱不多,有一天他下班回来告诉我,要带我去一个地方,我问去哪儿呢,他神秘兮兮地说跟着他走就知道了,然后我们就到了马尔代夫。

原来他要给我一个大大的惊喜。我不会忘记他迎着海风大声喊我名字追赶我的画面,那日天色阴沉,风很大,吹得我们眼睛都睁不开了,眼看大雨将至,耳边充斥着海浪的撞击,还有鸥鸟凌乱的啾鸣,远处度假的情侣们拎着鞋子急急奔向别墅……十年了,这些到现在还都历历在目。

有一天晚上我和他在海边的排屋相拥而眠,我们十指相扣,我发痴似的说,要是能摘下天上的星星就好了。

他说,听声音,外面海浪那么大,今晚估计看不着星星,它们都散落在海上了。

我说我不信,他就抱起我来到屋外。果然,那海水涨了很多,一不留神竟已逼近露台,再看天上,一片深邃的漆黑,我心里就失落起来。

我曾经看过一段话:

你要记得那些黑暗中默默抱紧你的人,逗你笑的人,陪你彻夜聊天的人,坐车来看望你的人,陪你去看大海的人,在医院照顾你的人,总是以你为重的人,带着你四处飘荡的人,说想念你的人……这些人构成了你生命中一点一滴的温暖,正是这些温暖使你远离阴霾,使你成为善良的人。而我,三生有幸,生命里曾经有那么一个人,把这些事情都为我做完了。

他感觉到了我的失落,于是越发抱紧了我,我把脸靠上去,他亲了亲我。

幸福其实就是这么简单,日子过得不缓不急,时间可以牢牢抓在手心。幸福就是如此的涓滴陪伴。我以为会永远这样日复一日,过这样重叠却简单温馨的日子,穿上婚纱成为他的新娘,然后逐渐老去……

叶丽倩在这样的叙述中，似乎重新回到了海边，她的目光定格在手中捏着的白果上，一动不动，任眼泪滚落。

她后退一步靠在银杏树上说，可是不久后，巍巍告知我他已肝癌晚期，那时候他已经非常消瘦，疼痛常常让他面色苍白，他已经自暴自弃了，他在我的劝说下才住进医院，可是癌细胞已侵蚀全身，不到半年就离开了我。他生命的最后时光很痛苦，我只能故作坚强，后来我意识到，巍巍可能在去马尔代夫之前就已确诊得了癌症。

英子显然觉察到自己在这个三十五岁女人面前有多么稚嫩，她不知道该如何安慰，甚至她觉得自己一度是在自以为是。

叶丽倩说，时间能淡忘一切吗？不会的。爱的反义词不是不爱，而是遗忘，我不会忘了他，因为我一直深爱着他。所以当你问我还会不会结婚，我真的不知道能不能重启一段幸福，这都是爱的能力，可惜那会儿我已经涣散了这种能力，直到遇见大我二十岁的老田。

老田总对她说，"我愿意等"，"放心吧，我会一直等着你"，"即便我比你大二十岁，但我会让变老的脚步放缓再放缓，从今天开始，我要每天坚持游泳，跑步，我会用余下的生命等你"。

老田说，他的爱是深沉的，可是不要有任何压力，他会一直等她从过去走出来。

叶丽倩每每拒绝，他都说，没事，他会等。

叶丽倩不辞而别，老田不愿再等待了。他在微博发帖子，朋友圈发寻人启事，他登报纸，上电视，终于在知情朋友的帮助下找到了叶丽倩，他在电话里兴奋得像个孩子，他说他很快就会出现在她面前。

某日，英子妈妈给叶丽倩送自己做的凉粉，叶丽倩正蹲在树下喂食附近的流浪猫。这一带有五六只流浪猫，黑的、白的、黄白的，它们很胆怯却极爱干净。它们的主人不是搬走了，就是去世了。

叶丽倩说，每个人都会被遗弃，只是早与晚。就像这些流浪猫。

英子妈妈说，它们尽管委屈，心里或许也不会生恨吧？

叶丽倩说，英子过去总是鼓动你离婚，我对她说，你妈妈心里未必会恨爸爸。

英子妈妈说，是的，我不恨。英子爸爸过去是一个特别温和的男人，我能理解他的暴躁。他是工程师，年轻时被工地高空坠下的钢筋砸中，那锈迹斑斑的钢筋流星似的从十二层滑落，从头颅左侧穿入，从脸的右侧探出，曾经英俊的面庞血肉模糊。他从死亡线抢救回来后，整个人性情大变，他并不记得对最亲近的人做过什么，过去的他已经死了，很多时候他其实是内疚的，可他控制不了自己的情绪，他很痛苦。

在那漫长五一假期的最后一天，当我们发现他时，他已吊死在楼梯间的护栏上。他终于解脱了。事实上，那根吊死他的红绳几个月前就突然出现在家里，我隐隐能觉出这一天到来的端倪，但心里又会有心照不宣的理解和尊重。他死后我一直怀念，可是生活必定向前奔跑，我不会因此再掉一滴眼泪，我不会形单影只地在寂寥中煎熬，只要看到幸福，就一定要用力抓住，这才是对得起爱你那些人的好。

老田的儿子田志峰找到叶丽倩，他俩漫步在湿漉漉的银杏道上，走走停停。

他说，小时候总觉得老田太严苛，动不动就会打他，他们很少交流，惧怕也好，抵触也罢，小时候他对老田的情感是复杂的，这或许是中国大多数父子的通病，长大后才渐渐明白父爱的伟大。

有一年老田带他去郊县亲戚家做客，不知因为什么事情老田责骂了他，他一个人赌气跑去山林里。夜越来越深，天开始下起大雨，他一个人被困山坳，又冷又饿。

山里的雷电近得就像在头顶，他无助地缩在树下，浑身颤抖。

不知过了多久他终于看到老田提着手电在亲戚们的带领下赶来，他以为老田会打他，他起身哭着想再逃跑，没想到老田紧紧地将他抱进怀里。

有一天深夜他看到老田在母亲遗像前暗自落泪，他问母亲，他该怎么对孩子好，怎样才是爱呢？

记忆里，此后老田再没有打过他，再没说过一句重话。

田志峰说他小时候有轻度自闭，不敢去学校，每天把自己关在房间里，后来老田带他去看心理科医生，医生告诉老田带他学游泳，踢足球，通过游戏让他慢慢融进集体，那时候老田带着他往返于各种兴趣班，每一样他们都尝试了，最后都以失败告终。

有一天老田带他去儿童乐园，他俩坐在公园长椅上吃雪糕，远处人声喧闹，巨大的摩天轮在蓝天下悠悠旋转。

老田侧脸看田志峰，看着看着眼圈泛了红，老田似自语，又似问他，怎么才能让你开心起来？

田志峰看了看他，继续吃雪糕。

老田又问，你喜欢什么？

田志峰想了想说，做饭。

老田摸摸他的头，带他径直去了少年宫的厨艺兴趣班。田志峰打开手机，给叶丽倩看照片，那年市里"少年杯"厨艺大赛，田志峰捧着一只巨大的奖杯，而老田搂着田志峰的肩头，站在身旁微笑。

一阵风吹来,漫天的银杏叶又开始飞舞,它们从枝头飞向空中,悠悠荡荡地划出幸福舞步,最后和柏油路上的落叶紧紧拥抱在一起。

田志峰停下脚步说,很久后才知道,老田其实是他的继父。

有一天英子放学回来,叶丽倩喊住英子,她对英子说,她不准备再拒绝老田了,她要幸福下去,这一定也是巍巍的心愿。

英子与她心照不宣地放肆大笑。

后来,老田来了,在一个雾天清晨,他从后面搂住她,看屋前那一片漫天的金黄,再不需要在心里给自己设置一万道防线,无须絮语,只静静聆听岁月静好,守住一份恬淡。

他给她看妻子的相片,那是一个仪态端庄、面容温婉的女子。

他说,妻子去世前,告诉他,她有多么喜爱周润发。

妻子问他,你吃醋吗?

他点头笑笑说,有点儿,但只要是你喜欢的,又怎么会剥夺你喜欢的权利。

她又说,可是再喜爱周润发,也不及喜爱你的三分之一。

老田抚摸她插着针管的手,低头吻了上去,他合上湿润的眼,久久不能睁开。

妻子去世后，老田用了十年才走出来。

有一天，老田在妻子遗像前说，他已准备好重新接纳一个女子，在生命的最后时光，像爱她一样好好爱那个女子。

后来，英子独行去了一趟峨眉山，她发了疯似的用一天半时间走完全程一百四十里。在金顶，她为老妈求了一串佑护平安的桃木佛珠。她也为叶丽倩求了一串。

回到家英子就病了，浑浑噩噩胡话连连，她梦见老爸又拧她耳朵，梦见小时候老爸和老妈带她在外婆家村口乱石丛生的溪滩空地上放风筝，她牵着线深一脚浅一脚在石堆里奔跑，而老爸老妈拣了一处平地坐下，远远看她。她还梦见了叶丽倩和巍巍在海边看落日，梦见叶丽倩修缮房子时在屋顶叮叮当当敲打着什么，她很担心叶丽倩会掉下来，可叶丽倩却对着她微笑。

英子昏睡了很久才缓过来。

英子决定走出屋子去透透气了，顺便把佛珠送给叶丽倩。

叶丽倩描了眉，也捈了唇膏，一脸怡然端坐在藤椅上。

她穿了一件紫色呢料仿旗袍长裙，外穿细碎花纹的白色开襟毛衣，他从老田手中接过一只洁白的咖啡杯。风吹过，一片黄中还泛着零星绿意的银杏叶飞入视线，它在空中悠然打了几个圈后就坠进了那杯子，浮在所剩不多的咖啡上。

她优雅地摇了摇杯子,看着咖啡慢慢地吞食叶片将其变成赭石色。

老田立在他身后,满目深情。

英子说,后来,老田把家族事业交给儿子,带着叶丽倩移民瑞士,他们没有结婚,就那么平平淡淡地相偎一生。

世界那么大，只有我和你
On the world of love,
just you and me

II

用铭心的旅程，
说爱你

Saying love through the inspring journey

从日出到日落，手牵手走在路上，亲吻沙滩，拥抱蓝天碧水，邂逅意大利中世纪古堡，走进溢满橙香的法国庄园，站在绵延起伏多彩的丘陵……

甜蜜的幸福之门，在此刻开启。

三生有幸

狗子不止一次说自己是渣男,"渣男"两个字从嘴里跳出来的时候,微醺的目光里突然聚合起异常能量,把不多的那点醉意驱扫无余,眼眶里只剩了亮晶晶的东西。

他一贯高昂着头,一米七出头或者还不到的身高,看起来就像一米八五。

二〇一九年夏天,城市斑斓的夜色里,我俩手持威士忌,面对面坐在义乌世贸中心 215 米高的露台。身边晃动的大多是金发碧眼的外籍商人,狗子时不时点头和他们打个招呼。

一晃,我和狗子认识快二十年了,如今城市变了,街道变了,身边的人也变了,但我俩依然是彼此眼中当年那个意气风发的少年。

他嘬了口雪茄说,我啊,一个不折不扣的渣男,只是小川,你面前的这个渣男,慢慢地变得有知识,有涵养,有品位了。

我抿了口酒看着他，心想这二货脸皮是一如既往的厚。

二〇〇三年初，狗子从义乌转机去广州闯荡，和所有刚毕业的大学生一样对未来无限憧憬，却因为一场突如其来的非典而滞留。不见黄河心不死，狗子觉得这辈子就要和广州杠上了，去不了广州，什么梦想爱情软妹币都成了遥不可及的事情。

起先他还吃得起肯德基，后来只能啃烧饼，再往后，常去的那家烧饼铺因为戒严而生意惨淡，不久也歇业了。

那是四月的义乌，阳光很美，柳絮纷飞，狗子不知道为什么鼻子直发酸，他摘掉口罩，止步环顾四周，无数口罩下面目惊恐的匆忙行人，像涌上来的潮汐快速将其淹没。

手机响起，屏幕显示同学大柱。

大柱问，你哪呢？

狗子擦擦眼泪说，义乌。你哪呢？

大柱说，我也在义乌啊。你没去广州吗？

狗子说，你没去北京吗……

那时候大柱是银都大酒店的行李生，他跟室友小军打过招呼后，偷偷把狗子藏进了宿舍。大柱和小军轮流给狗子从食堂打包吃的，时间一久，狗子有些过意不去。

小军说，要不，跟我们一块儿干吧，这样就不用东躲西藏了。

大柱瞟了眼小军，回过头说，狗子，你不会是看不起我们的工作？

狗子说，凭什么看不起？用手脚赚钱吃饭，没什么丢脸的，再说，看你们赚得也不少。

小军笑嘻嘻地从兜里掏出一沓钞票，捏手上甩了甩，故意做出一副炫耀的嘴脸说，那倒是，这是今晚一拨中东商人给的小费。

穿上制服的狗子果然帅气挺拔许多，再加上一贯高昂的头，看起来身高仿佛真的达到了一米八。

狗子说，他就是在穿上制服第一天发现了前台的杜鹃，很多时候，狗子推着行李车经过前台，故作轻松扭头看杜鹃的时候，正好迎上杜鹃捕捉自己的目光。

杜鹃和别的姑娘一样将长发扎成圆形发髻，规整地放在修长脖颈上，一身西服套装把她凹凸有致的年轻体廓勾勒得愈发俏丽动人。

狗子对杜鹃不陌生，他常从大柱嘴里听到杜鹃这个名字。大柱说，杜鹃可好看了，前台那么多漂亮姑娘就数她最顺眼，可是光好看有啥用，好看的多了去了，关键脾气要好，不势利，杜鹃就是那样的姑娘，从她的长相就能看得出来。

大柱不厌其烦地念叨，杜鹃真的很好呢。

狗子不耐烦地说，很好然后呢？喜欢就去追啊。

大柱却只会暗中偷偷观察杜鹃，要是被杜鹃发现了，他还会脸红，然后快速消失在酒店大堂。

狗子沉不住气，赶巧有天杜鹃一人值班，狗子便拉着大柱径直来到前台，对杜鹃说，那个，我兄弟喜欢你，你给个态度。

大柱支支吾吾不敢看杜鹃，杜鹃捋了捋额前碎发却说，你兄弟挺好的，但我相中你了。

大柱涨红了脸，就差哭出来了，他挣脱狗子再一次火速消失在大堂。

听狗子说，第二天大柱就辞职回了老家，大柱力大如牛拽都拽不住，打他电话也一直关机。

狗子和杜鹃很快在一起了，杜鹃并不是那种腻歪的姑娘，从小单亲家庭早独立惯了，卫校一毕业就出来闯天下。她和狗子合计一块儿创业，思来想去三挺路夜市是个不错的选择。

银都大酒店后面就是义乌夜晚最热闹的三挺路夜市，紧挨着宾王服装市场，待下午四五点钟市场门一关，那些早已等候在侧、骑着架满货品三轮的商贩们便鱼贯而入，正式开启这一天的买卖。卖服装、五金、珠串首饰的，卖水果、鲜花、观赏鱼的，还有纹身、算命的……林林总总，无所不有，在喧嚣而迷人的城市霓虹中争奇斗艳,可以说这里是小商品市场的迷你版,所以租金也贵得吓人。

狗子和杜鹃仅有的存款都交了租金,剩下不多的钱,俩人想破脑袋也不知道卖什么。

杜鹃说要不卖首饰吧,她以前在饰品厂待过,那种五金首饰拿货价并不贵,中间再挑些滞销却款式不错的货,足以撑起一个铺面。

他们白天上班,晚上总会安排出一个人出摊,有时候很难得,碰上俩人都休息的时候,在杜鹃看来那是最幸福的日子。

狗子在前面踩三轮,杜鹃坐后头开始细细欣赏这个男人。她会解开发髻,捋顺后再左右晃一晃头,那长发就柔顺地披散在肩头,把脸轻轻靠在狗子宽厚的脊背上,狗子并不算帅但透着一股聪明劲的脸庞就这样常常溢满她心头。她想,狗子这人吧,不帅,不高,可是自信,聪明,笑起来还很可爱。

杜鹃又不自觉开始描画她的幸福日子,从酒店到三挺路其实就三两分钟,也就这点路程,杜鹃感觉和狗子已过了一辈子。

从结婚,到生孩子,再到暮年,数得过来的日子,一辈子很长其实也很短,寻寻常常普通人的日子,不都这么过的吗?好日子不需要那么多花哨的装饰,好日子是一天一天用手操持出来、一步一步用脚丈量出来的,好日子就是守住一个人,在他身上倾注一生的目光和守护。

没多久，狗子和一个北京来的女房客搞在了一起。那女房客四十来岁，金发红唇，新式超短旗袍下遮挡不住的躁动肢体在酒店大堂招摇过市，她那一次次充满暗示的直勾勾的目光，轻而易举就把狗子弄上了床。

听狗子说，那女房客离过一次婚，前两年处了一个男朋友，却又被骗得很惨。

女房客很是风情，这是狗子之前从未体验过的。男人猎奇、好色，女房客为他打开了一个美艳新世界。

狗子说他在青春期的时候就已阅尽A片无数，武藤兰，加藤鹰，深得他们的真传，这或许也是女房客迷恋他的原因所在。

女房客走前给了他一笔钱，狗子拿着这笔钱拉小军一块开了家外贸公司。

我问，你的业务从哪来？

狗子说，当行李生的时候，认识了美国的Tony，台湾的包先生，新加坡的Villan，还有以色列的Gary和Jelon……

我问，那杜鹃呢？

狗子说，我给她留了字条，我说，杜鹃，我们不适合，抱歉！

我说，你真渣，分手两个字那么难说吗？即便要分手，连面对面说出口的勇气都没有？分手不能体面些吗？

狗子说，那时候太年轻，后来杜鹃还是追上了我们，杜鹃没有哭没有闹，她径直走到我跟前，只问，连再见也不说？我说，我们不合适的。

杜鹃说，没错，是我主动说喜欢你，从大堂见到你的第一眼我就心动了，你知道是什么打动了我？就是你明明很矮，可是非板着腰硬着脖颈拔高的样子，一开始会觉得很好笑，后来慢慢地想这个男孩骨子里那股不服输的韧劲有多强烈，他才会想要这样不断的拔高自己啊，这跟我自己挺像的，很卑微，又很努力。

算下来我们在一起的时间不算长，但这是我第一次谈恋爱，是啊，我用心经营的第一次恋爱没想到会这样草草收尾……但不管怎么说都要谢谢你啊，狗子，这段时间说实话我很幸福……那，狗子，再见啊。

狗子呆立原地说，再见。

狗子和小军慢慢走远，慢慢在杜鹃的泪眼里朦胧、幻灭，杜鹃才大声恸哭起来，她喊，狗子，你走了，我们就再也不要联系了。

狗子说，后来越来越明白一句话，人与人之间，爱还是不爱，相拥还是错过，其实都在一念之间。他和杜鹃真的不适合吗？回头看，都只是年轻的借口罢了。又或者，只是一种逃避。

不知道大柱是什么时候回的义乌，只知道狗子和杜鹃分手后他就出现了，他帮杜鹃进货、送货，帮她出摊，在杜鹃最失意的那段日子，大柱一直陪伴在侧。

不过，杜鹃对大柱说，谢谢你为我做的一切，可我心里只有狗子。

大柱说，做这些并不想让你回报我，或者勉强喜欢上我，我只是帮狗子偿还他欠下的债。

后来大柱把狗子约到夜巴黎喝酒，几杯洋酒下肚，大柱说，狗子，你跟我出来。

他俩走到夜巴黎外面，马路上刚开过洒水车，亮晶晶的，空气中弥漫着潮湿的泥土气息，狗子觉得嗓子里一阵阵干痒。

大柱泪光闪烁说，狗子，你横刀夺爱的旧账我就不跟你算了，你真是滥情的杂碎，是不是在你眼里爱情就是拿来玩弄的？你心里到底有没有爱？

大柱握着拳头全身颤抖，狗子闭上眼睛一副任由大柱处置的模样，可是大柱的拳头始终没有落下来，等他睁开眼睛的时候，大柱已消失在城中路的茫茫夜色中。

狗子静立了一会，突然看到远远地有个人立住了，斑驳的梧桐树影把他的身体肢解成无数不规则碎片，那黑影撕心裂肺地喊，你是人渣，是狗屎，是最恶心的玩意，你快去死吧，快去死吧……

再见大柱是一年后的事情了。

这一年里,狗子经历了事业高峰,也眼瞅着贸易日趋衰颓——和他长期合作的以色列大客户 Gary 和 Jelon 回国通完最后一次电话后,就再也联系不上了,这给公司带来巨大重创。

狗子说,正常情况下 Gary 的专柜每两个礼拜一次发往以色列,这给公司带来非常可观的稳定收入。

他说,当年一条夏棉被可以赚五十块钱,可是一条棉被真空后其实就是薄薄一层,那算下来一个专柜能装多少?所以只要走一个柜,他的公司就可以稳赚三万刀。

Gary 和 Jelon 俩兄弟回国前约狗子喝酒,Gary 告诉狗子,他们国家要开战了,他们整个家族都将投入战斗。

Gary 说,当幸运来临的时候,我们的民族总是最后感知,而每当灾难来临的时候,我们的民族同胞们又总是最先感知。安全生存第一的民族忧患精神,突出的表现是对国土的寸土必争。

只要祖国出现忧患,身为每一个国民,无论身处何地,都将义无反顾投入她的怀抱,与她同呼吸,共存亡。命运带给他们的长期压迫迫使他们成为一个英勇的民族。

Gary 说,狗子,朋友,我们民族有句名言离别前一定要送给你——"只有碾碎的葡萄才能酿出最醇的酒,只有压碎的橄榄才能榨出最好的油。"

Gary兄弟俩回去后，他们的MSN一直是灰色的，这让狗子很是揪心，他一次次尝试给他们打电话，却始终关机。

有一天狗子尝试再次拨打，这一次对方提示不在服务区，狗子喜极而泣，于是他不厌其烦一遍遍拨打，终于在凌晨的时候，电话通了。

电话那头静悄悄的，偶有枪支和弹药爆炸声从很远的地方传来。信号时好时坏。

Gary说，他们整个家族都投入了战斗，他最好的兄弟，生意的好搭档Jelon已经牺牲了，和所有被战死的兄弟姐妹们一起躺在城堡旁的橄榄树下，还来不及安葬。

狗子心里一阵悲伤涌了上来，他说，Gary，你一定要保重啊。

Gary笑笑说，放心吧，我还要回义乌跟你一起赚大钱，一起喝酒呢。

电话那头枪弹的声音越来越近、越来越密集，直到俩人再也听不到对方说什么，电话突然就断了。

记得Gary说的最后一句话是，杜鹃，她是个好姑娘……

大柱总能在狗子最低谷的时候记起来找他。一年以后的2006年夏天，世界杯，狗子和小军在KTV搂着一群美女喝酒唱歌，狗子接起大柱的电话。

大柱喊，你在哪呢？思来想去最后我还是决定给你打电话了，你经验多，我觉着这事情也只有你能帮我了……

大柱说他看上了一个楼上刚搬来的姑娘，样子漂亮，胸又大，绝对正点，可他就是拿捏不准到底该怎么办。

狗子问，那姑娘什么来头？

大柱说，刚美国留学回来，做贸易的，单身。

狗子又问，她平时都喜欢做什么？

大柱说，好像也没什么特殊爱好，喜欢加班，还喜欢看电影，她从我这拷走不少电影——对了，我是不是应该约她看电影？

狗子说，看电影太老套，你要约她喝酒，喝到七八分醉的样子就能轻松把她睡了。

大柱说，她会答应吗？总得找个理由吧？

狗子说，你跟她说，你朋友最近从法国给你带了一瓶好酒，想找个人一起分享，或者你说最近遇到不开心的事情，想找人倾诉，再夸赞她几句，诸如善解人意、是个值得信赖的倾诉对象之类的，一般不是跟你有仇的妹子都不会拒绝你。

大柱恍然大悟，信心满满。

狗子最后还教了大柱一记杀手锏，他说，她不是爱看电影吗？你把电脑借给她，随她用随她拷，但你要郑重告诉她，F盘绝对不能碰。

大柱一脸懵懂问,为啥不能碰?

狗子拍了下大柱脑门说,还不是因你 F 盘存了几十 G 见不得人的东西?

大柱羞红了脸说,去,别瞎说。

后来大柱统统照做却依然没得手,于是抱怨说,那一套套纸上谈兵说得漂亮,实际根本不好使。他丧气地说,要不你去会会她吧。

大柱说的这个姑娘叫 Julin,刚美国留学回来,穿着打扮走的欧美风路子,坚挺的胸脯,滚圆的蜜桃臀,是个男的见了都会遐想连篇。

Julin 见到狗子说的第一句是,你是大柱朋友吧?做贸易那个?

狗子胸口怦怦乱跳。

Julin 说,很巧她也是做贸易的,她的公司有进出口权,通过她的关系走海关可以少很多程序。

她话锋一转说,要不,一起喝杯?

狗子说,那整个漫长的夏天,整个激情澎湃的世界杯,他都在做爱,一直享受生活。

有句话说,人是一种特傻的动物,穷其一生都为躯壳的满足服务，吃好吃的大餐，喝好喝的酒，穿好看的衣服，喷好闻的香水，上好看的女人，寻求满足……但外在的满足，却在不经意间丧失了人存在的意义本身。

狗子说那个夏天充满了荒诞的戏剧感，似乎和世界隔离了，听不到外界的一切声音，待走出来后，才发现那段日子透支了许多生命热度。

大柱虽然生气，见了狗子就要扑上来咬，他咬牙切齿说以后再也别做兄弟了，可他毕竟太善良，像他这样善良的人其实生活里很少了，他们谁也不想招惹，不愿伤害，可这就意味着被伤害的人永远是自己，到头来只能自己默默承受一切痛楚。

大柱其实挺崇拜狗子的，人长得不高，模样又不标志，却可以轻轻松松赢得女人们的芳心，她们一个个对他死心塌地，见了鬼似的念念不忘，简直就是传闻中的妇女之友，少女杀手。

狗子自觉乏力地安慰他，不要气馁，这个姑娘不喜欢你，下一个肯定就喜欢了。

大柱突然大笑，然后又开始呜咽，就这样又哭又笑地说，我知道，今天就算不被你睡，也会被别人睡，至少肥水不流外人田嘛，这样想想其实心情好像也没那么坏。

那段日子狗子对公司并不怎么上心，业务本来就少，加上是淡季，公司基本没啥事，而且还有小军盯着。

就这样和 Julin 鬼混了一段时间，等狗子回去后发现公司早已人去楼空，小军的号再也打不通了，再去银行查了账，公司账面也空了。

大柱说跟小军认识那么多年，真没看出来，他竟然比你还渣。

狗子反复咀嚼这句话，怎么听怎么别扭。

大柱说，还等什么，咱报警吧。

狗子说，算了，让他走吧。

大柱说，你咽得下这口气？

狗子没再说话。

后来，大柱在义驾山巷子口碰到过小军，他把小军堵住盘问，俩人在狭长的巷子里打斗，最终以大柱被弄折一条胳膊收场，狗子这才知道力大如牛的大柱其实根本不会打架。

后来，后来 Julin 再也没出现。

狗子问我是不是特讽刺？

他说，你知道吗？那时候的我一无所有，又像回到了二〇〇三年春天，我看到另一个狗子茫然无助的眼睛，看到他伫立在人来人往飘满柳絮的街头伤心落泪，就像一条被世界遗弃的灰溜溜的狗。

你想象不到后来我和杜鹃又在一起了吧？是的，我们又在一起了，现在还在一起，未来一定还会在一起。

有句话叫好马不吃回头草，也有句话说，人生就是一辆开往坟墓的列车，中途下车的都是过客。

你一定觉得狗子这人真是个恬不知耻的玩意儿，可是，人生的列车，不是还有返程吗？那些中途下车的人，终究还会再上车，他们找到之前坐过站的伴侣，携手走向归途。

那时候，杜鹃已从酒店辞职，她盘下了三个夜市摊位，留下一个地段好的给自己，另外两个租给别人。

没错，还是杜鹃主动找的我。我一定没脸再见她。

你知道那年我为什么要离开她？杜鹃是那种特别专注的姑娘，这种专注烙刻在脸上，烙进每一个毛孔，烙进每一次呼吸，你每时每刻都感受得到，而我，狗子，十足的渣男，我和她生来就是两路人，这很给我压力。说到底，是我配不上她。

你问我分手不能体面吗？对不起，对我来说真的没法体面，我觉得但凡心里还有一点点喜欢，一点点不舍，你都不可能轻松说出"祝你幸福啊"这样的话，你知道这种鬼话都是在欺骗自己，你的心会疼，因为你希望她的一切幸福都与你有关。

再次见到杜鹃，她已剪短头发。她只看着我笑，笑着笑着眼睛里就流出眼泪。

说好不再相见，怎么可能？岁月很长，同在一片蓝天白云下，拥有着同一份牵挂，怎么可能做到再不相见？

相见来得很简单，也很从容。

杜鹃说，无论过去你是否伤害过我，无论生活给了我多少刁难，我还是喜欢你，像你拥抱我躲过打雷的雨季，像我牵着你的手再走春风十里。

杜鹃说，没有一帆风顺的婚姻，每一份恋爱都是吵吵闹闹，分分合合，最重要的，是不能丢了勇气和希望。

狗子说，可我现在什么都没了，即便现在跟你求婚，我穷得连戒指都买不起。

杜鹃掏出两枚戒指笑着递给狗子，狗子接在手里，慢慢埋下头，蹲下去，像个孩子似的痛哭起来。

狗子记得那年交完租金后，他和杜鹃就去了小商品市场，从一楼到五楼，从一期到三期，他们逛遍了这座号称全球最大的批发市场。他们花光了几乎所有的钱，杜鹃仍不甘心，翻遍口袋和包包，又掏出零零碎碎两百块钱交给狗子，于是他们用这最后两百块又批了一百只据说不会氧化变色的银戒指。

那店老板说，这款戒指原本批发价九块八，就剩这最后一箱亏本处理。

那银戒纤细的戒环被做成跳动的心电图，最后在中间汇合缠绕成两颗心，简约却又有设计感，算下来每只戒指才两块钱。这是狗子和杜鹃进的第一批货，他们如获至宝，开心了很久。

戒指上架后很快脱销，可它不会再生产，人们不会知道这些畅销的戒指其实是处理的尾货，狗子也不会知道杜鹃到底是什么时候留下的这两只戒指，但自那以后，他手上再也没摘下过这枚两块钱的戒指。

狗子重新燃起一支雪茄，细细嘬一口，深情地望向大楼以外的世界，十多年前这里还是一片尚未开发的荒地，而现在高楼林立，成为义乌最繁华的CBD。

十多年后的今天，狗子和杜鹃在饰品行业早已闯出一片天地，他们有自己的工厂，一个贸易公司，一家教育机构和七个夜市摊位。

狗子说，曾经在义乌之心看到珠光宝气名牌加身的Julin和老公吵架，而他们的孩子在一旁号啕，无人照管。狗子觉得Julin老得太快。

大柱经历闪婚，离婚，现在又回归光棍。大柱还是那个大柱，不会打架，不擅把妹，但他已不再纠结这些事情。

人之一生，何其短暂，会经历甜蜜，触碰困苦，会品尝别离，体会背叛，但如果有一个人愿意释放她所有的光和热去迁就你，等待你，守护你，给你希望，那你真是三生有幸，此生无憾。

原来，渣男也能逆袭为暖男。

手机响，狗子接起电话说，好，我这就回来。

义乌爱情故事

> 人生的意义是什么？繁花落尽，独立岁月的荒漠夕阳，回望拉长的影子和走过的漫漫长路，没有遗憾，也不愿遗忘。
>
> ——题记

夏天打出生起就没见过他妈，小时候听人说，他妈是个疯女人，那年家里一场大火后三间祖屋被烧个精光，他妈妈也在混乱中彻底走丢了。

因为家里穷，夏天中学没毕业就出来跟师傅学修自行车。八十年代末，马路上放眼望去全是自行车，上海的凤凰、永久，天津的飞鸽，广州的五羊……大大小小黑压压挤在十字路口，红灯换绿灯时，一串串悠长清脆的铃声就在城市大街小巷的上空飘荡开来。

按理跟师傅学技术，没干够两年学徒，师傅是不放你走的。可夏天却刁钻得很，半年下来技术学得差不多后，他就找各种借口偷懒，不是发烧就是肚子疼，还老往厕所跑，可是饭量却大得惊人，足足抵得上师傅和师母两个人的食量。

师母看夏天狼吞虎咽的样子，气得拉长脸冲师傅使眼色。

师傅摇摇头，叹气说，夏天，你慢慢吃，没人跟你抢的。我知道你脑子生得聪明，将来会有大出息，可是人要走正道。你也别装了，这样下去太吃力，我看你也学会了本事，吃完饭收拾收拾明天就不用来了。

夏天一听，激动地放下碗筷说，真的吗师傅？您没开玩笑吧！

师傅点上烟轻轻嘬一口，嘴里缓缓吐出一串烟圈。

夏天还在当学徒的时候就早早谋划着要开一间像样的修车铺，他要赚很多很多钱，赚了钱就能娶一个漂亮姑娘做老婆。

他想象过那姑娘一定长发飘逸，大大的眼睛，高耸的胸脯，她一定特别爱笑，爱笑的姑娘脾气好，笑起来的样子就像邱淑贞一样温柔甜美。

人生落幕时，回想曾经，只有这么一个人被自己深切地爱过，直至生命尽头，那就是一种幸福。

他也想象过他的修车铺一定要开在人流最密集的街区，他的修车铺一定是远近口碑最好，人人都能喊得出名字的，所以他的修车铺不仅要有醒目的招牌,甚至还要在门口插上一面印着"夏天の修车铺"几个大字的旗子,往来行人见了就会驻足多看上几眼。

可是回来和他爸一合计,火灾后所有家当都被烧得精光,他再也拿不出钱了。

老头想了想,突然一拍脑门说,有了,夏天你等着。

他从抢出来的被烧焦半边的箱子里,掏出一张泛了黄的坟地契约对夏天说,夏天,拿去卖了吧,卖了它你开店本钱就有着落了。

夏天双手捧过契约,蹲地上放声大哭。

夏天的修车铺很快在新马路开了起来,新马路是义乌最古老的街区,那里曾是第二代市场的发祥地,如今它白天是菜市场,晚上却摇身一变成了夜市,无论白天还是夜晚那里都人潮涌动,是当时最繁华的地段。

夏天果然在店门口插上一面印着"夏天の修车铺"的旗子,隔壁发廊的秦大陆问,这"の"是个什么意思。

夏天说,最近看高仓健《远山的呼唤》,字幕有"の"这个字,觉得很有情调。

秦大陆摇摇头笑着说,你厉害,一个小小修车铺还能搞情调。

夏天双手拢胸前,一脸得意地说,别小看我的修理铺,你等着瞧吧。

"夏天の修车铺"的老板夏天活做得仔细漂亮的名气很快传遍整条新马路,无论车子哪里出了问题,他都能药到病除,动作麻利干脆毫不啰唆,而且价格透明从来不做手脚,前来修车的人只喊一声"夏天",就放心地把车一扔即刻抬脚走人。

不仅如此,夏天还有一个本事,光看车子就能知道那车主人是做什么的,是什么性格脾气。比如有回送来一辆粉色凤凰牌,夏天眼一闭一睁,就说那修车姑娘是做袜子生意的,那姑娘听了当时就被惊得说不出话来。说来也稀奇,大家在听了他的胡侃后却也连连称看得准。

"夏天の修车铺"生意日渐红火,他也不忘照顾邻居秦大陆的生意,如果修车的是位年轻女士,骑的车子又十分考究,他就说,何不去隔壁发廊做个头发慢慢等,那秦大陆在香港待过几年,再让他帮你好好按摩按摩,他技法老到,一按就解乏,我这里还会给车子全身洗一洗做个保养,等你美美地换了新颜,再骑上这新车,保管回头率杠杠的。

那些女士歪头偷偷瞟一眼那秦大陆果真烫了个时髦的中分头,长得又高又英俊,确有几分香港仔的派头,她们便在夏天动情的描述中陷入遐想。一想二想,觉得的确有道理,二话不说立马喜滋滋做头去了。

认识何秀丽是在立夏后的一个傍晚,一场短促的太阳雨后,西面彩霞漫天,空气中弥散着一股甜甜的温热。夜市摊主们陆陆续续踩着三轮从远近四面八方赶来,他们搭起架子,撑起棚,从编织袋里取出各式日用百货,整齐划一地摆放妥当,最后再亮起挂在竹竿上的灯泡,他们一家挨着一家,在"夏天の修车铺"前井然有序地摆成了四排,从新马路北面这头浩浩荡荡一直延伸到南头,直达绣湖畔大安寺塔底下。

从每家铺面散发出来的朦朦胧胧的灯光,一颗挨着一颗密集地交织在一起,夜晚的新马路就成了一片璀璨的银河,亦梦亦幻。

夏天车子修了一半,愣愣地立在铺子前盯着那片银河发呆。

秦大陆见了就走过来用肩头磕了他一下说,看啥呢那么出神?

夏天说,秦大陆,你不觉得这些灯光交织在一起很美吗?美得就跟梦一样——大陆,你说,你喜欢什么样的女孩?

秦大陆想了想,叹口气说,没想过,你呢?

夏天流口水笑嘻嘻地说,邱淑贞那样的。

这一天修车铺和发廊生意略微惨淡,夏天就和秦大陆合计着去逛逛夜市寻些开心。他们一前一后,拨开密密麻麻的人群穿梭其中。

夏天几乎和秦大陆一起发问,前面那女孩好看吗?

原来不远处有两个身材容貌姣好的女子正立在鞋摊前,那白裙长发的正是何秀丽,旁边淡绿针织衫齐耳短发的是她的同事苗苗。

夏天说,你问的是哪个?

秦大陆说,短发的,你呢?

夏天吹着口哨就要追上去,他边跑边回头说,长发的。

夏天故意踩了何秀丽一脚,她的细跟白皮鞋就粘上一片脚印,何秀丽正要质问,夏天赶忙赔笑说,对不起对不起,那个,我家是卖鞋的,要不我送你一双吧。

秦大陆也跟上来说,对对对,让他送你一双,反正他家鞋多。

何秀丽扑哧一声就笑了,她说,那就不用了。

苗苗拉了拉何秀丽的衣角,她偷偷看了眼秦大陆,又给何秀丽使了个眼色,何秀丽就心领神会了,于是说,不过,你家鞋要是真的很多,送一双我也是乐意的。

那时候何秀丽在红旗电视机厂工作,她和几个女孩同住一个寝室。

夏天拎着一双皮鞋和秦大陆约好去电视机厂找何秀丽,那门卫是个瘦老头,他的视线越过老花镜框,上下扫了眼这俩穿扮成社会不良青年模样的人，慢慢悠悠地说，年轻人，现在都几点了？宿舍楼已经熄灯了，明天再来吧。

夏天求了一阵，那老头就是不放行，他气愤地甩了甩手上的鞋子，竖起了中指。

秦大陆心不在焉地说，要不，还是明天再来吧，我想回去看意甲联赛。

夏天一脸不甘，不行，我今天一定要见到何秀丽。

夏天左右看了看地形，又绕着墙根走了一大圈，最后发现工厂西侧有个隆起的小土坡，而且那里的围墙上头不像别处设置了铁荆棘，夏天就心花怒放起来。

他回头喊秦大陆，却发现秦大陆远远地并没有跟上来，他就喊，秦大陆，我看这里可以爬进去。

秦大陆说，要不，我还是不去了，我就在这儿等着你。

秦大陆说完就在路灯下蹲了下去，夏天便不再搭理他，轻轻一跃就翻了进去。

临近熄灯，姑娘们都只穿了件胸罩在寝室里来回走动，那一具具柔软的胴体，那一片片白花花的春光，在昏黄灯光下越发多了几分神秘，夏天的突然出现，着实吓坏了何秀丽她们，有个姑娘以为闯进了贼，吓得直喊救命。

何秀丽匆匆披了块毯子就把夏天拽了出来，苗苗扯开一条门缝，从里头探出头来问，秦大陆呢，他来了吗？

夏天摇摇头，又点点头说，来了，在墙外头呢。

苗苗一脸失望地说，怎么没一块儿进来？

夏天说，他就是个怂包。

夏天把盒子递给何秀丽，何秀丽打开看了看，发现是双尖头黑皮鞋，她用指尖抚了抚那黑漆漆鞋面，心想原以为只是个土不拉几的修车匠，没想到眼光却不差，于是露出心满意足的神色说，其实你也不用破费，你用不着骗我，那天卖鞋子的老板是我们同事，他知道你的修理铺就开在新马路。

夏天不好意思地挠了挠头，想了想说，那也不一定，说不好以后果真去卖鞋子，那你天天都有新鞋子穿了。

何秀丽脸蛋红扑扑的，故意把头沉下去说，凭什么我就能天天穿新鞋子？

夏天嬉皮笑脸地说，因为我会娶你。

何秀丽脸更红了，索性故意岔开话题，苗苗好像喜欢秦大陆，你回去问问秦大陆的意思。

夏天说，别问了，秦大陆肯定喜欢，他就是怂。

何秀丽身上的毯子不知不觉往下滑落下去，月色下露出一半细腻的白得发亮的肩头，夜风吹拂，何秀丽打了个寒噤。夏天伸出手去想帮她拽一拽毯子，却又不好意思地缩了回来，他说，你快进去吧，不然一会儿就该着凉了。

夏天从墙头翻出来后发现那路灯下已不见秦大陆的身影，他就一路哼着歌跑回新马路，见发廊门口三色转灯依然亮着，便径直走了进去。

秦大陆直直地躺在阁楼的床上，两眼盯着天花板发呆，他听到是夏天的声音，就闭上了眼睛。

夏天说，别装睡了。

夏天看了眼秦大陆，见他依然双目紧闭，就说，我知道你喜欢苗苗，据我观察，那苗苗也喜欢你，今天去她们厂子，她可一直问你呢。

夏天又看了眼秦大陆，见他依然无动于衷，嘴上就骂骂咧咧地走了出去。

秦大陆睁开眼睛，里面注满了雾一般看不穿也飘不散的忧愁。

喜欢一个人，他的名字、他的模样、他的笑容，他的所有内容就都占去了你的心、你的脑海、你的每时每刻，你很害怕这种感觉，最后心里的边边角角看似都被填满，再多不出一丝余地，然后突然有一天发现某个角落兴许还有一丁点缝隙，你脸红心跳地既害怕又被他占据去，却又生出更多心甘情愿的甜蜜和欣喜。幻灭和救赎是爱情的所有内容。

这之后，夏天每天晚上都去红旗电视机厂报到，路线已烂熟于心，绕道工厂西面围墙根儿，再从那小土坡上翻进去，他每天都给何秀丽同寝室的姑娘们带去沙琪玛、泡泡糖、果丹皮，很快便俘获了一众小姐妹们的心。那些姑娘也很知趣，只要苗苗使一个眼色，大家就都嬉笑着散去了。

现在寝室里就只剩下何秀丽和夏天两个人，他俩你看看我，我看看你，永远看不够似的，觉得眼睛里面或者说这个世界上于自己而言，突然多了一个人，奇妙得就像做梦一样。夜风吹动窗帘扑扑作响，外面月色却那么静谧。

何秀丽说，今天还是翻墙进的？

夏天点头说，嗯。

何秀丽说，你脑子这么灵光一个人，怎么不知道想想办法大大方方从厂子正门走进来？

夏天说，那老头倔得很，压根儿不放行。

何秀丽说，你改天买上两包西湖悄悄塞给他，他还能不让进？

夏天一拍脑门说，啧啧，还是你脑子好使。

何秀丽说，不过你老来我们寝室也不好，以后还是去找你吧，最主要的，我是想带苗苗见见秦大陆。

第二天，何秀丽就带着苗苗来到"夏天の修车铺"，夏天正忙着修车，何秀丽就让苗苗去找秦大陆。

秦大陆正给一位男士理发，他手上的花剪功夫玩得眼花缭乱，他的双手在空中变换着各种姿势，舒展，曼妙，就像奔放的抒情的舞步，又像狂乱的草书，还像春天叮咚作响的山间溪流，细腻、轻柔得不着痕迹。

她从镜子里看到了他的侧脸，他的神情和手上的剪刀一样专注，看起来他真的像在创作一幅绝世佳作。

不大的店里挤满了客人，苗苗偷偷找了个角落坐下。

不知不觉她就睡着了，不知道过了多久，她被秦大陆唤醒，秦大陆说，你什么时候来的？怎么没喊我呢？

苗苗说，看你工作那么认真，不忍心打扰你。

秦大陆又重新看了看面前这个叫苗苗的姑娘，她留着率性短发，一双乌黑的眼眸让柔和的脸庞愈加动人，虽刚被唤醒，可目光中的倦意不知何时早已驱散，很快清澈起来，还透着些坚定。

秦大陆立在镜子旁深吸一口气，他拍了拍椅子靠背，温柔地看着苗苗说，来，坐下。

秦大陆看着镜子里的苗苗，苗苗看着镜子里的秦大陆。他们的目光在镜中相遇。他们在镜中笑得知足。

秦大陆帮苗苗系好围布，开始为她修剪头发，那剪子在发丝间快速游走，她闻到他衬衣袖口上好闻的皂角清香，剪子在耳边发出细密的咔咔声，就像他对她轻轻诉说的动人情话。

他终于停下剪子，相比之前，苗苗的短发更多了些灵动的空气感。

他为她拭去散落肩头的碎发，对镜子里的她说，喜欢吗？

苗苗说，喜欢，你喜欢吗？

秦大陆点头说，嗯。

夏天手上举着啤酒和烤串在玻璃门外召唤，秦大陆对苗苗说，走，咱也喝酒去。

他们径直走到门外，抓过啤酒在台阶上坐下。

这时候的新马路夜市人潮渐渐退去，喧嚣似乎和那片神奇的银河一样成为遥远的存在，不过这条路上有一家发廊，还有一家"夏天の修车铺"，依然为爱情亮着一盏温暖的灯。

午夜新马路除了辛勤的清洁工外很少有人见过，他们不知道这时候的新马路是一天中最静谧、最令人沉醉的，他们不知道这时候的新马路空气清新得甚至会有点浪漫的甜蜜，他们也不知道这时候要是在新马路唱起一支歌，就会有空荡荡的回声，像站在一个巨大的抒情的舞台。

何秀丽说，你们的梦想是什么？

苗苗说，我的梦想很简单，找一个爱的人，简简单单过一辈子。

何秀丽说,我的梦想是上大学。家里弟妹们都上了大学,等他们一毕业,我就去高考,即便上个夜大也是好的呢。

夏天跑到马路中央说,我的梦想要大声喊出来,我——要——娶——何——秀——丽——

何秀丽羞红了脸,却又说,轻点,被人听到多丢人哪。

苗苗说,秦大陆你呢?

秦大陆沉默不语,他看了看苗苗,把手里所剩的半瓶啤酒一口灌了进去,他说,我要去意大利……

何秀丽说,怎么去,移民?

秦大陆说,偷渡。

其余三人听完后都傻傻地看着秦大陆,空气似瞬间凝滞。

秦大陆看了看他们三个,又打开一瓶啤酒苦笑说,偷渡在我们老家已是一种传统文化,早期我爷爷辈去东南亚,我在新加坡和马来西亚都有亲人,我老家就像一个草原上的游牧民族,我们都心向远方,喜欢在外漂泊……

秦大陆扭头对苗苗说,我以前从来没想过自己喜欢什么样的女孩,我不敢想。但自从见了你,我才知道我喜欢的就是你这样的,可我注定半生漂泊,所以我又不敢和你在一起,我心里矛盾,怕辜负了你。

苗苗泪水在眼眶里打转，她慢慢低下头，两颗晶莹的泪珠滴落下来。

秦大陆说，小时候家里穷，上学拖欠学费是常有的事，班主任就喊我去讲台罚站，我一个人站在那儿，底下同学们嘲笑议论我，冲我指指点点，那时候想死的心都有，后来我干脆不上学了，逃课去了广州学美发，我要早点赚够去意大利的钱……

秦大陆望了望漆黑的夜空，深深地吸了一口气说，所以你们说，像我这样的人，是不是不配拥有爱情？

苗苗拭去眼泪，目光坚定地看着秦大陆说，放心吧秦大陆，你去哪儿我就跟你去哪儿。

夏天说，什么时候动身？

秦大陆说，现在还不知道，要等蛇头消息。

何秀丽和夏天谈恋爱的事情很快被她爸妈知道，她妈妈偷偷去了解了夏天家世后，就逼着何秀丽和夏天分手。

何秀丽说，我心里面早已认定了这个人。

何秀丽妈妈说，你真是不争气，要是不分手，我就一头撞死在你面前。

何秀丽妈妈把她反锁在二楼房间里，凭她哭闹，只准时送上一日三餐，以为折腾累了就能收住心。

这日深夜，何秀丽突然听见楼下夏天的声音，连忙推开窗，看到夏天和秦大陆正扶着一把摇摇晃晃的大长梯轻声喊，秀丽，快下来。

何秀丽胸口怦怦乱跳，从柜子里胡乱扯了两件衣服就顺着梯子往下趴，脚尖着地那刻，抑制不住激动地抱住夏天说，我就知道你会来接我。

夏天说，别怕，我会一直陪着你。

第二天，何秀丽爸爸特意从杭州跑回新马路找夏天，他说，秀丽是厂里的优秀职工，还是党员，以后再上个大学前途不可限量，你一个修车的，你俩根本不般配嘛，如果硬要在一起，不是害苦了秀丽吗？

夏天沉默不语，何秀丽爸爸走后他再没心工作，索性就把店关了，一个人在街上闲逛，不知不觉就走回了家，看到老头一个人在下象棋，他就坐下对老头说，爸，我陪你下吧。

夏天连输几盘，老头看看他说，别闷闷不乐的，你要知道几年前咱家房子被烧得精光，最坏的事情我们都遭遇过了，往后再坏也坏不过此了吧，以后会慢慢好起来，这个世界上就只剩下我们爷俩相依为命，记住以后都要开开心心的。

夏天听了就开始吧嗒吧嗒掉眼泪，他点头说，好。

接下来几天"夏天の修车铺"都没有开门营业，他也没去找何秀丽，直到有一天秦大陆和苗苗跑来说，快回去看看吧，何秀丽在你店里哭呢！

夏天跟着秦大陆回到店里，见何秀丽蜷缩在阁楼的小床上抽泣，夏天见了就一阵心疼，他抱住何秀丽说，别哭了何秀丽，我回来了。

何秀丽肿着眼泡说，你为什么都不来找我？是不是嫌弃我了？

夏天说，怎么会呢，我是觉得你爸的话虽然听着不痛快，但说得也有道理，我不是看不起自己嫌自己没本事，我只是怕拖累你，你应该有更好的未来。

何秀丽一听眼泪又止不住地落下来，她说，夏天你可真是个傻蛋，未来我们应该一起去争取啊。

何秀丽说着就开始脱衣服，她拉过夏天的手说，夏天，今天我就把自己给你了，以后我们要相亲相爱……

又是一个傍晚，夜市上空的星河又开始闪烁起来。屋里蚊香的暗红色火星在墙角忽明忽暗，飘过来一缕缕淡蓝色的幽香。

夏天开着一辆崭新的红色本田摩托在电视机厂门口刹住车，他摘下墨镜，从兜里掏出两包西湖搁在门卫老头面前。

老头视线又越过老花镜框，上下打量夏天，笑眯眯地说，你是来找何秀丽的吧？要不要我打个电话让她出来？

夏天戴上墨镜笑笑说,不用,我自己进去就行。

老头打开铁栅栏,夏天一拧油门,轰隆一声只剩一团白烟。

何秀丽和苗苗从车间出来的时候,见宿舍楼门口有个男子戴着墨镜,斜靠着摩托摆了个酷酷的造型。

苗苗眼尖,她说,那人不是夏天吗?

何秀丽走过去上下抚摸摩托车说,可以啊夏天,够帅的。

苗苗冲后视镜哈了口气,又擦了擦镜子,里面立刻清晰地呈现出她漂亮的脸蛋。

夏天从兜里掏出一个信封神秘兮兮地递给何秀丽,何秀丽打开一看竟是夜大报名表,何秀丽眼圈瞬间就红了,她揪住夏天的脖子在他脸上狠狠地亲了一口。

夏天甩了甩头发说,亲爱的女士们,上车,咱兜风去!

他们三人驾着摩托疾驰在城市街头,那些一脸惊愕的行人、那些灰不溜丢的街景、那些烦恼和忧伤都从眼前快速飞过,再也不见踪迹。风呼呼地迎面扑来,叫何秀丽睁不开眼睛,她索性摘了夏天脸上的墨镜给自己戴上,夏天从后视镜中看到何秀丽的脸蛋越发俊俏了。

苗苗从颈上解下丝巾,挥手将其高高地扬在空中,那丝巾像插上了青春的翅膀迎风肆意飞舞,她又将丝巾蒙住双眼,整个世界在她眼里变得五颜六色如油画般绚烂。

夏天说，何秀丽，以后我可以天天骑摩托接你上下学了。

夏天又说，何秀丽，这样真好啊，我们的日子就要像这样一直飞驰下去。

夏天还说，何秀丽，以后我要让你做最幸福的女人。

何秀丽环抱在夏天腰上的手箍得更紧了一些，她把脸靠在他的背上，暗想，真是个傻子，明明她现在就已经是最幸福的女人了啊。

几天后，夏天正在店里修车，苗苗跑来说，何秀丽被她爸妈带走了，还跟厂里办了停薪留职，何秀丽怎么求都没用。

夏天一听脑子里"嗡"的一声，他扶墙定了几秒后，发动摩托车往何秀丽家飞去。

夏天说，阿姨，求求你让我见何秀丽吧。

何秀丽妈妈头上缠着纱布，上面透出淡淡的粉色血迹，她咬牙切齿地说，何秀丽不在。

夏天说，苗苗亲眼见到你们把她接回来了。

跟你说了何秀丽不在不在不在。

能告诉我何秀丽去哪儿了吗？

你死心吧，我怎么可能告诉你。

夏天跪地上乞求，阿姨，求求你，让我见她最后一面行吗？

何秀丽妈妈脸上神气极了，一板一眼地说，你走吧，何秀丽不会再见你了,我让她在你和我之间做选择,她当然毫不犹豫选择做一个好女儿。

夏天像发了疯一样,泪流满面地在小区里大声喊何秀丽的名字,最后引得小区住户群起怒骂,甚至有人挥着棍棒要驱赶他。

天开始下起雨来,夏天骑上摩托不知该去往何处,索性就那么漫无目的地开下去吧,直到耗尽最后一滴油,直到世界的尽头,再也无路可走。冰冷的冬雨密密匝匝地砸在脸上,钻心地疼。

夏天突然刹住车,身子慢慢往前沉下去,最后整张脸贴在车把上大声痛哭。

回到修车铺的时候,夏天看到铺子门前围了一堆人,地上一篇狼藉,大门已被砸烂,顾客寄存的自行车也像无人认领的"尸体",凌乱一地,"夏天の修车铺"的旗子也湿漉漉地被扔在地上。

苗苗在废墟中哭泣,秦大陆埋头坐在台阶上,他的衣服已被扯烂,胳膊也被划出口子,可以看到干涸的暗红色血迹,这场群架看起来已发生有阵子了。

他见夏天回来,问,怎么办?

夏天浑身颤抖说,谁干的?

秦大陆说,乌泱泱来了一群人,应该是新马路上你们的修车同行,具体是哪一家不清楚。

夏天怒气冲冲地跑进雨里吼,哪个王八干的有种站出来,奶奶的敢不敢和老子干一架?

秦大陆手上抓了一只大扳手说,我听你的,只等你一句话。

苗苗说,加我一个。

夏天看了看坚定的两人,心里被莫名刺痛,他有气无力地摇了摇头说,你们走吧,我想静一静。

夏天开始一件件收拾工具,就像最开始把它们一件件搬回来的时候一样,把它们一一安放归位,看着快收拾差不多的时候,他又突然把它们重新掀翻在地,蹲下身去痛哭起来。

夏天把店盘了出去,秦大陆说,真的不开了吗?

夏天笑笑说,不开啦,没意思。

秦大陆说,记得要多回来看看。

夏天说,你走之前记得一定告诉我。

秦大陆突然很想哭,他忍住眼泪伸手抱了抱夏天,点头说,好。

秦大陆看着夏天跨上摩托车头也不回地走了,很快消失在他的视线里,消失在新马路。

他转身看到地上的旗子,走过去把它捡了起来,看着"夏天の修车铺"那几个大字,他终于还是没能控制住,两行热泪涌了出来。

农历春节一过，就是元宵了，义乌本地元宵佳节庆祝形式名目众多，尤以迎龙灯历史最悠久，老少咸宜，也最热闹。

夏天过了一个无趣的春节，元宵节也提不起丝毫兴致，朋友背着龙灯灯板找他一起去迎龙灯，也被他拒绝了。他现在满脑子都是何秀丽，对她的思念一刻都没有停止过，他也不知道什么时候是个头。

苗苗和秦大陆兴奋地跑来告诉夏天说，他们已打听到何秀丽的下落，离开电视机厂后何秀丽就去了大陈镇前街一家私人制衣厂，昨天就已经开工了。

大陈镇制衣产业庞大，曾以工艺精湛闻名全国，但大陈镇大大小小工厂有上百家，光镇前街就有几十家。夏天到了镇上才想起忘了问苗苗制衣厂的名字，他就挨家询问过去，一整个下午依然没有问出何秀丽的下落。

天色一点点暗下去，又是一个日落。夕阳的余晖斑斓了一场火烧云，染红了那些曾在蓝天里遨游的云朵，美丽、壮阔却遥远。天的尽头依稀可见镀了一层薄薄金光的熟悉城郭，归巢的鸟雀成群结队穿过云层，消失在天际。

生活的悲欢离合虽每天都在发生，但眺望是一种青春的姿态。那时记忆还年轻。

遥望夕阳渐渐沉下去，夏天心里重新感伤起来，镇前街上空荡荡的，他孤身伫立街头，远处人们欢度元宵的爆竹声四起，绚丽的烟花从空中突然升起，又突然幻灭。

耳畔突然传来熙攘人群的脚步声，夏天转身看到一拨拨下了班的工人从各家厂房里鱼贯而出，浩浩荡荡地涌进镇前街，他们有说有笑疾步向前走来，很快将夏天淹没其中。恍惚间，他看到一身大红色呢子大衣的何秀丽在人群中立住了，夏天揉了揉眼睛，终于看真切了，果真就是他日夜思念的何秀丽。

何秀丽真真切切地站立他面前。他们远远地对望，又哭又笑，甜蜜又疼痛。就像第一次在新马路于茫茫人海中的深情凝望，倒流了时光，一切恍然若梦。

夏天带着何秀丽去民政局领完证回来，喜滋滋地把结婚证拍在饭桌上，又抓了两把喜糖放在苗苗和秦大陆手上。

何秀丽眼中泪光闪烁，她和夏天举起酒杯说，开心吗苗苗？祝福我们吧。

苗苗扬头忍住眼泪说，不哭，今天是高兴的日子，我祝福你们……何秀丽，夏天，今天，你们也要祝福我俩呢。

何秀丽说，你们，时间定下了？

秦大陆说，嗯，和蛇头搭上线了，这几天就出发，先到北京，再从俄罗斯转去约旦……

夏天说，我知道行程危险，可是，我真心希望你们一切顺利！来吧，我亲爱的朋友们，干了这杯酒，我们都要幸福啊！

四个人举起酒杯一饮而尽，眼中藏不住幸福的泪光。

何秀丽抱着苗苗说，这一别，谁知道什么时候再见面呢？

苗苗眼眶又湿了，她说，会很快的。

何秀丽说，秦大陆，我就把苗苗托付给你了，苗苗从来没出过远门，你一定要照顾好她啊。

秦大陆说，会的。

一九九二年，何秀丽让夏天卖了那辆本田摩托凑了些资金，果真做起了鞋子生意，他们和很多义乌商人一样白手起家，凭着义乌人"鸡毛换糖"的传统、吃苦耐劳的精神和一股子精明劲儿发家致富。

认识夏天是在三姐的一次家宴上。三姐听说夏天在义乌事业做得很大，不仅有上千人的食品厂，还有外贸公司，最近又刚成立了商业联盟，而他理所当然是这个联盟的会长。

三姐就让江小峰联系上夏天，想在他那儿探探口风，看看他愿不愿意帮江小峰寻条路子。

我听三姐说，过去做鞋子生意时，他们两家在义乌篁园市场的商铺正好对过,早前他们吵过,打过,也逃亡过,经历过许多永生难忘的故事,可谓生死之交,只是后来三姐和江小峰离婚后,夏天和他们往来也少了。夏天说,他是对江小峰失望透顶,他那时候恨江小峰恨得拳头发痒。

如今三姐和江小峰重归于好,夏天也高兴得多喝了几杯,借着酒兴,夏天拍拍胸脯说,只要江小峰和三姐好好的,再拿出点年轻时候做生意的锐气,寻条路子那有什么难的,都是小事。

夏天突然酒杯往桌上一顿,头慢慢沉下去,再抬起脸来的时候,眼圈微微泛红,他说,江小峰,三姐是多好的女人,即便这婆娘有时候是霸道,是自私,可藏不住她的纯洁和可爱,就像我家何秀丽,要不是她,我想也不可能有今天的花头精。

他说,那年代有几个自由恋爱的?婚姻不都父母包办的多吗?他夏天,何秀丽,苗苗,秦大陆,江小峰,三姐,他们几个能自由追求爱情,那是件多么浪漫的事情,那年头太苦,太穷,现在回头想想却别有滋味,那是属于他们这代人永不凋零的青春年华,而爱情是那岁月的全部……

我问夏天,苗苗他们后来怎么样了,再见过吗?

夏天喝了杯酒闭目陷入回忆,他说,秦大陆走后半年,他带着苗苗回来了,可是,苗苗已经疯了。

秦大陆和苗苗到约旦后,他们被蛇头底下的带工拉到一片荒芜的农田,那里齐人高的杂草一望无际,一年到头刮不尽的大风,把草地变成汹涌的巨大海洋,人走在里面一不小心就会迷失。

草地里有几间用茅草和木板搭的透风简易房,无数个漫长而焦灼的日子里,他们一直住在里面。有一天,带工趁秦大陆不在强暴了苗苗,秦大陆发了疯似的和那带工在草地里对打,秦大陆就像一头发怒的红了眼睛的狮子,要和带工同归于尽,后来还是苗苗把秦大陆拉开了。

秦大陆跟蛇头举报了带工,虽然那带工被送回国内接受处理,据说还被蛇头打废了一条腿,但对苗苗造成的伤害却是永远无法弥补的。

那时候苗苗已精神恍惚,嘴上时常嚷着要回家,秦大陆就让苗苗偎依在自己怀里,他们在门前坐下,望着漫无边际的辽阔草原泪流不止,他在她耳边说,我带你回家。

可是要回家谈何容易。

秦大陆说,苗苗,我把你害苦了。

苗苗忙伸手放在他嘴边不让他再继续说下去,她说,都是我心甘情愿的,我说过,你去哪儿我就去哪儿,你在的地方就是家。

不久他们就开始了长征似的徒步,他们要在夜色中穿越一片几十公里的黑黢黢的沼泽地。秦大陆说,那一晚大雨滂沱,他们一群人在泥地里深一脚浅一脚地艰难行走。

他们越接近希腊边境，就有越多的探明灯打过来，耳边还有不绝于耳的恐怖的狗吠，那些惨白的光束摇摇晃晃刺得人心里阵阵发慌。他们又饿又累，暴雨中苗苗没走多远就发烧晕倒了，秦大陆背起她继续前行。

第二天清晨，一轮红日从荒漠尽头的地平线上慢慢升起，一行人终于冒死抵达希腊境内。他们看到一辆越野车停在远处，有个希腊络腮男子靠着车厢冲他们微笑招手。

秦大陆忘了疲惫，他激动地摇晃趴在肩头的苗苗，说，苗苗快醒醒，快看，接头人。

苗苗努力睁开眼睛，苍白的脸上绽开花一样的笑容。

他们一身泥泞又喊又叫兴奋地奔跑过去，这时候车上又下来两个持枪的男子，他们亮出证件，原来那些人都是希腊便衣警察。

秦大陆和苗苗在监狱里被关押两周后遣送回国，苗苗日日发烧，醒来后彻底疯了。

夏天再见到秦大陆的时候，他又黑又瘦，头发也快掉光了，先前那高高的中分头早已不见踪影。

即便如此，秦大陆依然一脸坚定地对夏天说，他还要再干一次，这一次，他要一个人走。

夏天的眼睛红成两团炭火，他揪住秦大陆的领口在他脸上重重挥了一拳说,秦大陆,为了移民你他妈连命都不要了?苗苗怎么办?她现在这个样子,你忍心把她甩了?

秦大陆盯着夏天看了很久,眼圈慢慢地红了,他摇摇头什么也没说。

他把一个纸袋递给夏天后,头也不回地走了。

夏天打开袋子,里面装的竟是那面"夏天の修车铺"旗子。

六年后,一九九八年春节,秦大陆回国了,虽然看得出来他在意大利必遭受过一番磨难,但那时候他的样子已然是一名春风得意的海外华侨。

多年前那个迷人的夜晚,他们四人在新马路喝酒,夏天曾问过秦大陆为什么选择去意大利,秦大陆说,因为他喜欢意大利足球队,去了意大利兴许能看个现场,再也不用苦逼呵呵地熬夜看球赛。

后来他说,去了意大利才知道原来足球和自己竟是那么的遥远,甚至连电视转播都再没看一场。但是,过去孤独而悠长的岁月里,他从未忘记过苗苗。他在地下制衣厂每天工作持续十六小时是常态,有时候甚至超过二十小时,可是这一切又算什么,夜深人静的时候想想不久的将来就能接回苗苗,内心又会重新注满力量。

在父母的张罗下,苗苗后来嫁过一个裁缝,婆家人嫌她脑子不灵光，生怕影响后代，没过半年就把她送回了娘家。

她时而清醒，时而迷糊，经常傻傻地坐门口掰着指头数日子，就像在约旦那些再也回不去的担惊受怕却又甜蜜的漫长等待。等待一件事，等待一个答案，等待一个希望，一个人。

苗苗再见秦大陆的时候，她的眼睛里闪过一道明媚，用力捏着的指尖慢慢舒展，她笑着落泪了。

她的头发长了一些，秦大陆再次拿起剪子帮她修头发，那专注的样子，时间恍惚又似回到了多年前那个宁静浪漫的夜晚，他看着镜子里的苗苗，苗苗看着镜子里的秦大陆，他们的目光在镜中相遇，他们在镜中笑得知足。

秦大陆一边剪一边落泪，最后手实在颤抖得厉害，就慢慢蹲下身去抱着苗苗的腿号啕。

夏天说，后来，秦大陆把苗苗带回意大利，他们开了一家发廊叫"大陆の理发馆"，他们至今幸福地生活在一起，再也没有分开。

有一天，夏天带何秀丽散步到新马路，夏天突然感慨，新马路已全然没有当年的模样了。

随着绣湖广场、银泰、"义乌之心"等城市新地标的拥簇，新马路两旁的楼房商铺皆已被拆除，菜场、夜市也早已迁移，再也没有了往日的嘈杂市井相。但若是停下脚步,闭上眼睛深深呼吸,空气里似乎依然能闻见属于新马路遥远的温暖气息。

夏天看到路口有位坐在轮椅上的老人撑起"免费修理自行车"的木架子,脚边搁着一堆修车工具。

夏天走近几步,认出那老人就是当年的师傅,他径直走过去喊了一声,师傅。

师傅抬头看他,并没有认出他是谁。

有个学生模样的年轻人推着自行车跑过来修车胎,何秀丽看夏天抡起袖管蹲下身去修理,动作麻利干脆就像当年。

夏天抬头问师傅,师傅,您看我的技术还过关不?

世界那么大，只有我和你

世界很大，大到我们在忙忙碌碌中，照个镜子鬓染霜，爬座小山膝盖痛，才意识到那么多的时光已悄然淌过。

世界又很小，小到我们躺在病榻上，或遇到一些小小挫折，便禁不住从生命河流中将那些闪闪发亮的往事水淋淋地捞起，身体里起伏未定的心绪便很快被抚平。

对我来说也是如此，当我踏上旅程，即将走进主人公的故事前，我在候机大厅握着手中机票，依稀寄望这一次长途跋涉，是可以为我带来一个好故事的。

找到好故事并分享出来，这是我回馈读者的私心。但我又怎么可以给我遇到的人事，以好坏区分呢？当我的恩师王晓明给我推荐这个故事时，我曾有过一丝犹豫，因为这个故事，早已见之报端，席卷网络，甚至搬上荧幕，风靡大江南北，是一个非常主旋律的故事。

如果我再去书写这个故事，却没有找到自己独特的角度，那么于我来说，是件非常令人灰心的事情。

飞机降落在江西南昌昌北机场，前来接机的江西军区邱处长带着几个战士威严伫立在到达口。他们目光如炬，当看到我和摄影师宋艺时，目光马上变得温暖有力，热情地夺过了我们手中行李。他们的坚定与秩序让我刹那感受到此次采访的庄重。

军绿色吉普载着我们往市区一路疾驰，军人固有的肃然气场令整个车厢气氛凝重，我和宋艺连呼吸都变得小心翼翼。

邱处长注意到了我们的情绪，紧绷的五官变得稍稍柔和了一些，顺势和我们聊起了故事中的主人公。

我说，年前我给她打过电话，她告诉我，结婚十年，却至今没有穿过婚纱、拍过婚纱照。所以这次我带来了摄影师，我们要为她拍一组最温暖的婚纱照。

车子缓缓驶入军区大门，嘹亮的口号激扬入耳，偌大操场上有好几个连的士兵正以各自方阵紧张操练。

车子绕过操场，终于在政治楼前停住，透过车窗，我看到他端坐在轮椅上，而她立于他身后，双手轻轻搭在他肩头，一脸时光静好。

拍摄过程需要变动场景，而她寸步不离，时刻陪伴左右，她的动作已非常娴熟，甚至说优雅，她泊好车，打开后备厢，取下折叠轮椅，拆开安装完毕，再从副驾驶用跪姿抱下他，然后轻轻地温柔地把他安放在轮椅上……

他的体型非常庞大，于她而言，照顾一个比自己大两倍的人必然十分辛劳，今年刚三十岁出头的她，皮肤粗糙黝黑，比起同龄人略显苍老，但她照顾爱人时娴熟的动作，已可以看到一个人对另一个人无言的爱，这一份美丽，已胜过化妆刷那精致的描摹雕琢。

美丽，在我心里，不应该仅仅只是外化的呈现，更重要的，是要有一种打动人心的气质。

我们的拍摄在省军区领导的大力支持下进行得非常顺利，战友们也用整齐划一的军礼献上了他们最崇高的敬仰和祝福。

战友们起哄让她说一些话，看起来腼腆并有几分羞涩的她，突然间坚定而大声地说道："世界那么大，只有我和他。"

这句话，应该就是她这一生对于爱情两个字的最深感悟，也是我一直想要收集的爱情蜜语。

每个人生命中都会有那么一段挥之不去的青春芳华，无论我们走得多远，也会时不时地回头望上几眼，偶或感慨时光荏苒。

十五年前那个冬天，他正深陷人生最低谷，颈椎粉碎性骨折，生活无法自理，医生断言他的生命不会超过五年。

而她，像一缕草绿色的春风，从很远很远的地方吹过来，吹得恰到好处，吹来一场洋洋洒洒的春雨，还带给他远方的山水花香，以及诗情画意。

他兴奋地探出双脚跑了上去，像个孩子似的走得战战兢兢、颤颤巍巍，潜意识里他知道自己是个已被判了刑的一级伤残军人，可是他分明触摸到了那场突如其来的细雨，还闻见了花香。

幸福甜蜜得太不真实，他很快从那场洋洋洒洒的细雨里如梦初醒，他发现自己依然躺在医院病榻上，下身毫无知觉，他觉得自己太天真了，以他这样的条件怎么可能配得上她？爱情于他而言是件太奢侈的事情。

他紧紧攥住床单，心情再次坠入低谷，甚至，开始自暴自弃逃避治疗。

出于对军人的敬重，她作为医科院校派来的实习护士，对他的照顾格外尽心。而尚未走出伤残阴影的他整天沉默寡言，他总是逃避她热情的目光，对她除了一句礼节性的"谢谢"外，再无更多话语。

半夜她时常不放心，偷偷跑去看他，很多时候他已熟睡，担心再出状况，她索性搬个小马扎轻轻放在床边坐下。

借着走廊昏黄的灯光，她看清了他的脸庞，那是一张异常坚毅的属于军人的脸，听着他均匀的呼吸声，思绪就像野马在辽阔的草原上驰骋。

军人在她心中是神圣的,他虽非四肢健全,但可爱可敬。他拥有高尚的灵魂和一颗无比纯洁的心。以前看过那么多抗日英雄、武警战士、边防军人的优秀事迹,他们为国家建设不怕牺牲无私奉献的精神令人动容,可他们那么崇高又那么遥远,而如今真真切切地遇见了一位,他近在咫尺,就在身边酣然入睡。

他在一次全军重点军事演习中意外受伤,虽非奔赴疆场与敌厮搏,也不是抗洪救灾、火险急情,但他是一名出色的人民解放军,是保障国家团结稳定的强大力量,在和平年代他同样是一位受人尊敬的人民英雄。

夜色中,听着他均匀的呼吸声,不知是出于对军人先天的敬仰,医护人员对伤者的责任心,还是一个情窦初开的少女最质朴的同情心,她暗下决心要对他更好些。

为了能尽快打开他的心结,她反复查看心理学资料,只要有时间就陪在他的身边,为他剪指甲、掏耳朵、做按摩,给他讲故事,哼唱他喜欢听的军歌。

那时候韩红刚出了新专辑《红》,她就偷偷买了一张,一遍遍哼唱里面的《绒花》——"世上有朵英雄的花,那是青春放芳华……"

他就是她的英雄,那朵英雄的花。

她美妙的歌声吸引了整个楼层的病人、医生和护士,她的歌声也慢慢柔软了他内心坚硬的屏障。

有一天傍晚,石家庄天降大雪,刚做完护理的秀桃望着窗外绵延不绝的飘雪出神,她似突然有了灵感突然向雪中跑去。几分钟后,她捧着一只白得发光的雪球来到他病床前。

她的鼻子已被冻红,嘴里哈着白气兴奋地对他说,你看,这是什么?

那一瞬间,他惊呆了,他慢慢侧过身来,把脸贴在雪球上,泪水夺眶而出,他已记不清有多长时间没有亲近过大自然了。泪水一滴一滴滚落在雪球上,他尘封了太久的心和雪球一起融化了。

他终于开口说话。他问,你为啥对我这么好?

她说,因为你是一头难搞的犟驴。

他说,这头驴不仅犟,还蠢吧?对驴都能这么温情,你辛苦了。

她又说,不辛苦,现在这头驴也知道心疼人了。

她的用心终于换来他久违的笑容,有一天他郑重其事地看着她说,放心吧,我一定会积极配合治疗。

她会心一笑,眼睛里却激动得热泪翻涌。她越来越觉得他需要自己的陪伴和照顾,而她,似乎也越来越离不开他了。

二〇〇三年春天,先在广州,然后在北京、在全国范围内,非典型肺炎像草原上的熊熊烈火开始大肆蔓延，高传染性和其带来的死亡恐怖，让世界为之关注，中国面临着严峻的考验。

四月，医院开始设置隔离区，不太严重的病号即刻出院送回连队，不能回去的全部要被集中到三楼楼梯左侧的病房中，而楼梯右侧病区则设为隔离区。

部队开始召回所有返乡探亲的部队官兵，回部队后先到医院隔离区待一个星期，排除疑似病例后才能回归连队。楼梯只用于返回官兵和参加抗击非典的医护人员通行，普通病人和普通医护人员只能从走廊最左侧的手术通道通过，中间的门全被上锁封道。

她的同事们也被调去一线抗击非典，他们穿上防护服，戴上十二层口罩，二十四小时严阵以待。看着他们在白色恐怖前穿梭忙碌的身影，她心中燃起激昂的英雄主义情结，她很想奔赴一线加入这场没有硝烟的战斗，可她不是军医，也不具备这个资格，那时候她想，在后方做好支援也是一件非常光荣的事情。

五月，疫情变得越发严峻，照规定实习生必须全部撤离医院，可她心里放不下他，她突然想起一首歌里这样唱：如果明天要离开，记得今天去告白。

她鼓起勇气跑去对他说，你是军人，不要消沉，不要悲观。我会永远陪伴你左右。

他没有做出任何反应。他记得那天细雨蒙蒙，他的内心也似这雨水般无休无止、纠缠不休，他看着她转身离去，甚至都没有和她说声，再见，珍重。

护士小林跑来质问他，你怎么不知道心疼女生呢？你就是个铁石心肠的王八蛋！你快看窗外，她正站在麦田里淋雨呢！

他知道窗外那片一望无际的麦田此时正绿油油地抽枝吐穗，可还是没有勇气抬起头看看窗外，而她真的就在那里吗？

他小心翼翼抬头，并不准备让自己出现在她的视线里。目光慢慢越过窗台，他终于看见她了。她没有打伞，一脸倔强地站在那片齐膝的麦田里，任细雨打湿她乌黑的长发，那弯弯的一跳一跳的刘海此刻也低垂下来，湿漉漉地紧贴在额头，衣服也湿透了，她原本挺拔傲然的肢体也微蜷起来。

过去他从未对她有过非分念头，可是今天，他那么想跑过去，紧紧抱住她，为她撑一把伞，为她擦去脸上的雨水，或是，泪水。

他终于决定要给她写些什么，他说：

千言万语来不及诉说，可我必须鼓起勇气对你说，我喜欢你。

来年春天，疫情退去，我要手捧娇艳的花朵亲口对你说出那神圣的三个字！

你要好好照顾自己。我会等着你。

……

他顺手将信纸揉作一团，原本想在窗口用尽力气向她抛去，却失望地发现窗外只剩下那片亮晶晶的麦田在风雨中飘摇。

这时候小林进来，他急得一把拽住小林的手说，好妹妹，快把信交给她。

小林抓起纸团向外冲去，看着小林离开的背影，他又转头望向窗外，淅淅沥沥的雨中，一只雪白的鹭鸟拍翅飞过空荡荡的麦田。

他想，她一定失望透顶吧，她心里一定在责备他太狠心，太懦弱……小林能追到她亲手把信交给她吗？

雨似乎小了一些，一眼望不到边际的麦田上空被笼上一层灰蒙蒙的水雾，有个湿漉漉的熟悉的身影重新走进麦田，他看到她手中正抓着那信纸冲他挥手，过了很久他才反应过来，他努力要从轮椅上站起，却使不上任何力气，他激动得热泪盈眶，像个孩子似的伸出手去向她挥舞，他们就那样隔雨遥遥相望。

很久很久，她终于转过身从麦田往外走，她走上几步就回头看看他，似乎要把他的样子深深地镌刻在心里。连日春雨，麦田早已泥泞不堪，她的身子突然倾滑了一下，她猫下腰回头搜索着什么，起身的时候手上抓了一只被粘掉的沾满泥水的白皮鞋，她举着鞋子在空中冲他大笑。

多年后回忆起这段往事，他依然说，雨中的她美得就像那只洁白的鹭鸟，风吹麦浪，在梦中那片水雾迷蒙的麦田上空来回飞旋。

二〇〇四年六月，世界卫生组织终于宣布解除对北京的旅游禁令，这标志着中国抗击"非典"这场持久战取得了巨大胜利。

一别就是一年，这一年里，晓看天色暮看云，行也思君，坐也思君，现在她终于能回到医院探望了。那天正好是他的生日，她风尘仆仆地捧着一束鲜花，突然出现在病床前，相思太苦，久别重逢，他就像一个受尽了委屈的孩子突然见到亲人，埋在她怀里哭得稀里哗啦。

不久，部队安排他回江西鄱阳老家进行康复治疗，她提出要护送他回去，却被他父母婉拒。她知道，他父母是为她好，不想拖累她。

离别的车站，前来送行的人除了部队领导，医院医生护士，还有他最亲密的生死战友们，他们相拥而泣，用最庄严的军礼目送他的离去。

而她只能在人群里远远地看着他，她多想再勇敢一些，迈开脚步像个铮铮女战士那样麻利地拨开人群，送给他一个骄傲的战友般的拥抱和军礼，把所有的深情和眷恋都悄悄地融化在里面。

火车缓缓驶出视线,她久久伫立站台,任冰冷的雨丝刮滑在脸上。

有一天,她在电话中反复逼问,得知他病情加重,那一刻,她再也坐不住了,她坚定地告诉他,她这就上路,让他务必等她。

她的父母知情后,百般阻挠,亲戚朋友也轮番劝阻,可是爱他的心早已飞向千里之外。她说,他是因公负伤的英雄,没有军人的流血奉献,哪来社会的和谐安宁。如果今天的英雄没人爱,明天谁还会去奉献牺牲?

她的执着注定让她踏上一条注定不平凡的征程。

火车,汽车,摩托,再徒步,百转千回,她终于来到江西鄱阳的小村庄,他曾告诉她,他家门前是一片广袤的田野,而他让父母在那片田野撒满了清香的麦粒。

这会儿麦子正郁郁葱葱地噌噌往上冒个儿,他每天都会让母亲推着轮椅,静静地守候在麦田旁,看着它们一点点长高,心里的希望也跟着繁茂起来,他知道,有一位漂亮的姑娘曾立在麦田里深情地冲他挥手。

现在她又立在麦田里,她说,你听好,从今往后,你在哪儿我在哪儿,我们再也不分开。

可是这份爱太炽热太深沉,医生曾告诉他,他的生命活不过五年,他一直担心寿命的魔咒,所以他既爱她,却又迟迟不愿走进婚姻的殿堂。

她又说，你听好，哪怕你只有一天生命，我也要成为你一天的新娘。

在她的坚持下，二〇〇九年元旦，他们终于走进了婚姻殿堂。

她说她从来不信寿命的魔咒，为了让他更快康复，她每天清晨把一百七十多斤的他，从床上抱到轮椅上，晚上又从轮椅抱回床上。日复一日，年复一年，她如影随形十五载，一刻不离地照顾着他，为他寂寥的生命洒满缕缕阳光。

有人质疑：这个女人是不是贪图什么？她真的爱他吗？

她顶住闲言碎语，把委屈默默嚼烂吞进肚子里，用十五年如一日的执着做出最有力的回答。

他，朱光进。

她，张秀桃。

张秀桃无私奉献、倾情照顾一级伤残退伍军人朱光进的爱情故事，经媒体集中报道后，迅速传遍大江南北，感动了无数人。数以万计的网友踊跃发帖、跟帖，称赞她为"最美军嫂"。

她说，未来的路不管多长多难，他们都要相爱一生、相伴永远！

下一站是日出

西藏是一个适合安放信仰的地方，那里毫无掩饰的美丽是纯粹透明的，阳光、湖水、一路奔跑的羊群、雪域高原上吹来的湿冷的风，不经意就会刺中瓦解你作为遥远都市人自带的各种坚硬属性。

很多人都说，西藏，是一个少年会在那里找到梦想，青年会在那里找到爱的力量，老人能在那里找回去往故乡和童年的路的地方。

每个人的生命里都出现过西藏，要么在他人的诉说里，要么在梦里，要么就在路上。

此时饱受高原反应的方方正蜷靠在副驾驶座上昏昏睡去，俞兵在她身旁凝望路的前方专心驾驶。西藏路况不好，哪怕小小的一个震晃，他都会扭过头去看看方方的反应，他看到她脸颊上还有未干的泪痕。

她一定又做梦了。

俞兵是话剧演员，他的身影时常出现在国家大剧院的舞台上，有段时间他在湖南卫视自制电视剧《旋风少女》里饰演昌海道馆馆长。记得那天他正在片场拍摄，突然接到方方的电话，那头的她泣不成声。

她说，俞兵，我想出去走走。

他问，好，你说你想去哪儿？

她顿了顿说，西藏。

她抹干眼泪，看病房窗外飞掠而过的鸟雀，她的心也跟着飞驰起来，闭上眼，轻踮趾尖，张开双臂，阳光轻抚她微微浮肿的漂亮脸蛋。

这样，就像真的飞去了西藏，就像真的把医生告诉她的流产噩耗抛进风里，被轻轻松松卷跑了一样。

记得方方第一次流产是在三年前，俞兵扶着她从医院出来，面对她自责的样子，他安慰再三，她投入他怀里破涕为笑，跌入谷底的心情重燃希望。

从中戏表演系一路走来，俩人磕磕绊绊已十五年。她喜欢俞兵暖心妥帖的样子，大胡子，一脸东北人的憨厚耿直，就像邻家大叔。

小柯剧场上演的话剧《水仙》是方方演得最酣畅淋漓的一个角

色。舞台上只有"他"和"她",两个人撑起了一场戏,他们的爱情故事整整跨越了绵长的半个世纪。

我观看了演出,看着他们从青春演到暮年,从离别到相拥再离别,爱情浓烈得可以忽视一切时代变迁和多舛命运。在后台我对方方说,这出戏就好比演了你们自己。

演出时哭肿了眼泡的方方,在后台笑嘻嘻地说,她又怀上了宝宝。

我喜不自禁地说,你这戏痴未免太拼了,好好养胎其他啥都别干了。

演完《水仙》后,她乖乖住进了医院,每天扎针保胎,每天按摩护理。方方推掉所有演出,她的手臂被针头扎得青一块紫一块,她一遍遍抚摸肚子,给宝宝唱歌,给他讲故事。有时候也会跟他讲讲爸爸妈妈是怎么相爱,怎么在舞台上塑造角色的样子,他们让台下笑声一片,也让台下湿了眼眶,他们的表演拿捏细微,张弛有度。

可是即便这样小心翼翼,这一次依然没能保住孩子。

一路向前,是日喀则的方向,日喀则再往南,就是他们此行的目的地珠峰了。

夜色袭来,山雾很快笼住视线,他们的小车在陡峭的盘山公路上一点一点往前挪行，俞兵瞪大了双眼，这时候要是一不留神出什么岔子，他们估计就会长眠于此。

她醒了，看着身边俞兵紧握方向盘的一脸专注，就像他的爱一样容不得半点脱离既定轨迹。

她想起刚住进医院那天，正是他们的相爱纪念日，可是这天俞兵要启程去长沙拍戏，他在机场给她发信息说，虽然没有鲜花，没有惊喜，但他的爱依然像十年前初恋时候一样浓烈滚烫。

汽车一路晃荡向前，他们翻过5030米的岗巴拉山口，那湖水高高地泊在那儿，静得像睡着了似的，朝阳初升，湖面滑落了夜色的雾衫，使得她少女一样温柔的轮廓线越来越清晰。路上不时有吃草的羊群飞掠而过，它们跟高原上生活的人们一样可爱。

她往俞兵肩头轻轻靠上去，说，对不起。

俞兵侧脸摩挲她的额头，一阵心疼，他牵住她的手紧紧攥住。

他说，别老说对不起，没了孩子，我知道你比谁都难过，你看现在，你陪着我，我陪着你，这样比什么都幸福。

他们途经羊卓雍措，藏语里的天鹅池，它蓝得就跟水晶一样，这样一处景色，很多人可能马不停蹄就此略过，不过他们决定停下车走近看看。俞兵说，只有这样，他们才算来过这里。

一路上手牵手阅遍所有风景，这才是他要的完美人生。

羊卓雍措湖面海拔 4441 米，湖岸线总长 250 千米，是喜马拉雅山北麓最大的内陆湖，也是西藏三大圣湖之一。他们跳下车，沿水岸线奔跑。

他们看到不远处有一头通体白色的牦牛立在水中，方方兴奋地跑过去，她想要是能摸一摸坐它身上一定会很美。

他们身后传来藏族少年的声音，他身穿藏袍，脚踏彩靴，嘴上叼了一根枯草，他的皮肤并不像平常所见的藏民那样黝黑，即便有高原红却也遮挡不了他原本白净的肤色，他慢慢悠悠走向这边问，你想骑吗？

入藏前，方方听过藏民的牦牛不能乱骑，不然免不了被敲诈的传言。不过，方方还是冲他点了点头。

他说，没问题的，不用担心，免费。

少年牵着慢慢走近，眯眼微笑说，你们是那么幸福的一对。

方方露出笑容说，谢谢。

她小心翼翼地骑上牦牛，俯身把脸靠在它壮硕坚硬的脊背上，就像西域少女，毫无雕琢的美丽。而那牦牛通灵一般，频频点头缓步。

俞兵跑回车里取来小柯剧场出品的歌曲 CD 送给少年，他问，在藏语里，幸福和快乐该怎么说？

少年说，幸福是"德吉"，快乐是"吉布"。

他们的车子继续前行,太阳一点点沉下去,夕阳下的高原被笼上一层迷人的梦幻的金光。油菜花田渐渐进入视线,从零星到满目的金黄,洋洋洒洒地扑面而来,它们于天地之间,恣意生长,被高原淡蓝色云雾缭绕,被群山怀抱。

那花田并不只被圈在了某一个地方,而是在路的沿途两侧一直往前铺展,直到某座山的脚下,或是天的尽头,于是这条路的沿途风光也变得分外旖旎。漫步其间,望一望天边的雪山、云雾,俯身再看一看油菜花田、自由的羊群,在如此怡人的美景前,人们总会兴奋继而惆怅起来。想留不能留的失落感又袭上方方心头,伴着微凉的风,整个胸腔越发紧张。

俞兵搂住方方,捏了捏她的肩头,方方将头靠进他怀里。

方方说,你还记得在学校我们搭档演出的第一部戏吗?

俞兵说,当然,小说改编剧《永失我爱》。回忆起来,你在大一期末汇报演出上可算赚足了眼球,舞台上你哭得像个孩子,假睫毛不知道什么时候都被哭掉了,谢幕的时候你还一直哭呢。

方方说,演过那么多戏,我依然觉得她是我最爱的角色,因为演得就像我自己。

俞兵说,没错,温柔、善良,一点点浪漫就可以被打动……你知道吗,方方?

方方问,什么?

俞兵说，那时候我早迷恋于你在舞台上专注的模样，你知道当初我们都好不容易从家乡来到北京，因为狂热的艺术梦想在那么多考生中用力厮杀，铆足了劲儿挤进中戏表演系。你知道吗，舞台上的你是浑身发光的，站在侧幕的我偷偷在心里默念，我一定要追到这个姑娘，未来我要娶她，后来，这个声音越来越响，越来越强烈，就差昭告全世界。

车子抵达日喀则已是日落时分，天边最后一抹阳光穿透稀薄的云彩，让这个高原城市更多了一些入夜前的神秘气息。日喀则是一座古老而又美丽的城市，历史上它是后藏的政治、宗教、文化中心，也是历代班禅的驻锡之地，藏语意为"水土肥美的庄园"。

远处山峦起伏，山脚下的小城民居都是土石构造，它们一排排矗立在云山之巅，并不会惧怕山那边的风雪欲来，不会在乎远方客人的秉性如何，任由牛羊在田间小路随性踱步，任由花草在泥土里生长枯萎。

他们泊好车子，走进小城，一路上几乎没有见到一棵树，据说过去城里的藏民也植过树，不过不尽人意的是，那些树并没有成活。

没有树木的遮挡，高原上的风似乎愈加狂烈，掠过脸庞，一寸一寸让人记忆犹新。

他们住进之前预定的"微笑"旅社，老板是五十出头的韩国大叔，他用不太流利的中文欢迎大家的到来。在西藏快十年的他，已把韩国料理和藏族饮食文化完美结合在一起，烹制出令旅人一辈子难忘的独创风味。

韩国大叔把热气腾腾的晚餐端上来的时候，从外面进来两个学生模样的驴友，那男孩叫彭大印，女孩叫姚樱秋，一个大大咧咧的东北短发女孩，乌黑的双眸亮晶晶的，她热情地举起酒杯凑过来说，姐，我敬你一杯吧！

他们自然而然就坐到了一桌，他们一起喝酒、唱歌，聊一路上的奇异风光和所闻所见。彭大印说他们是一路骑行过来的，路途虽然遥远，却有它说不完道不尽的故事。

他们在龙仁地段遭遇特大山体滑坡，那巨石轰隆隆从天而降，他拉着姚樱秋的手进退两难，他们只能伏地而卧，一切听天由命。那时候他心里想得最多的就是万一死了，就是被砸成肉酱也要保护好身边这个姑娘。

在西藏，你更能体会世界之大和人类的渺小。在面对世间万象的时候，在你陷入孤立无援的境地，甚至死亡突然降临时，你才会发现身体里装满许多过去你并不具备的无所畏惧的勇气。

藏区到了夜间温度骤降，可是不要紧，韩国大叔早已备好暖炉，那木炭在烧得旺旺的火光里哔啵作响。

彭大印像喝多了似的，嘴里含含糊糊念叨，其实他早知道姚樱秋这回张罗着来西藏，就是要给他们大学四年的恋爱画上句号，等旅行一结束，她回她的大抚顺，他回他的上海滩。

彭大印对姚樱秋说，你跟着我一起来到西藏，只要我们在一起一天，你就仍是我一天的女朋友。

姚樱秋端着酒杯的手呆呆地捧在空气里，她红了眼圈，突然把那酒杯用力往桌上顿去。

方方和俞兵面面相觑，她给姚樱秋倒上一杯藏茶说，樱秋，你喝多了，喝完这杯茶，咱们好好聊聊。

姚樱秋看了看方方，举茶一饮而尽。

她俩爬上天台，陷入夜色中的偌大古城尽收眼底，藏区的星星总是那么亮，那么繁多，近得仿佛触手可得。

姚樱秋说，其实他们彼此深爱，可是依然摆脱不了大学毕业就要离京回到各自家乡的事实，这是一件很痛苦的事情，她接受不了即将到来的天各一方。

爱情往往经不起平淡，从相识、相恋，到分手，爱有多深，彼此内心遭遇的波澜就会多壮阔，这是爱情的能量守恒。姚樱秋无法接受平淡分手，看着彭大印的背影慢慢走远，与她而言，歇斯底里才是埋葬青春和大学四年爱情的最好方式。

方方说，他和俞兵也经历了大学四年，幸运的是毕业后他们没有离开北京，不需要经历分别的痛楚和挣扎，她相信那些为梦想为爱情燃烧过的青春，将它们一一珍藏在记忆里就能化作永恒。

时光匆匆，生命里出现过的每一个人来去匆忙，有的被烙进心里，有的转瞬逝去，就看你用什么方式去记住这些曾在你生命里发过光的名字。

韩国大叔不知什么时候也走上天台，他拢了拢大衣走上来，深吸一口气说，他的母亲来自西藏，父亲是个登山爱好者，当年父亲跟随韩国登山团准备攀登珠峰，一行人途经日喀则，虽然他们言语不通，文化有差异，但父亲和母亲一见钟情。

一见钟情？跨国恋？想想就很浪漫对不对？这真是一件想起来就会让心底温暖的事情。

父亲说，登顶珠峰是他这辈子的梦想，如果成功了，他一定会回来娶她。

母亲亲吻他的额头说，她会日日为他祈祷，她会等着他。

她每天眺望珠峰的方向，从日出等到日落，从春天等到夏天，一个月，一年，两年，可是父亲没有再回来。

那时候公路上车子并不多，只要看到进出珠峰的车辆母亲都会远远拦下，她跟他们打听韩国登山团的下落，却依然杳无音信。

阿尼劝她放弃,说他一定不会再回来了,与其变成无人问津的老姑娘,不如赶早寻个藏区小伙子嫁了吧。

母亲说,再给她一年时间,如果一年后他再没回来,一切任凭阿尼安排。

那年七月的一个日落黄昏,也是这样一个油菜花开的浪漫季节,父亲回来了,不过,他的腿已经跛了。

父亲说,那次他没有登上珠峰,他的队友掉进悬崖,他冒死前去营救,导致自己的腿也受了重伤,他自知没有颜面再回来见母亲,于是跟着登山团回到韩国。

可是他知道在遥远的中国西部,一个叫西藏的地方,那里有一位淳朴而美丽的姑娘在苦苦等着他,而他的思念也日渐深沉,两年后,脚伤痊愈的他终于决定再次踏上西藏这片土地,他对母亲说,现在他是个残疾人,如果母亲不同意,他一定不会责怪她。

可是母亲见他远远地从那片绵延到天边的油菜花田走来,一眼便认出了他,当他再次站在面前的时候,她早已泪流满面。

七月的油菜花开得不依不饶,漫天的黄,那么肆无忌惮。稀薄的空气让人总是在现实与错觉中徘徊不定。七月的西藏,因为油菜花开,便不再荒凉,更不会寂寞。

韩国大叔说，父母去世后，他告别家人，带着父母亲的骨灰来到中国西藏，因为雪山下的高原才是他真正的家乡，他要永远住在这里，直到死去。

第二天清晨，彭大印去后院推自行车，突然从弄堂里蹿出一条大藏獒，那藏獒通体乌黑油亮，吠声如雷。

它从弄堂那头远远地飞扑过来，身后卷起阵阵黄土，它死死咬住彭大印的胳膊不放，硬是把他拖出五六米远，几口下去，彭大印的胳膊和大腿早已血肉模糊。

人们站得远远地围成一圈，那藏獒实在凶狠，谁也不敢上去冒死搭救，姚樱秋哭喊着在一旁不知如何是好。俞兵和韩国大叔眼疾手快，他们手持砖头猛砸藏獒的头颅，韩国大叔怒目圆睁，嘴里含糊不清喊的什么谁也没听清，那藏獒龇着尖利白牙反扑过来欲咬韩国大叔，幸而俞兵在大学学过武术，拳脚并用才把那藏獒赶走。

彭大印一副惊魂未定的样子，大腿已被撕咬得皮开肉绽，他蜷缩在地上难以动弹，韩国大叔背起他就往最近的医疗站跑。

藏区医生每年都会遇上好多起被狗咬伤的病例，他娴熟地为彭大印清理了伤口。他说光打疫苗不够，还需要注射血清，幸好日喀则是西藏地区除了拉萨以外唯一一个还有那种血清的地方，不然事态会变得非常严重。

彭大印脸色苍白，吸着氧气瓶安静地睡去。方方、俞兵、韩国大叔，所有人都围坐在他病床前的长椅上，而姚樱秋紧握着他的双手，脸深埋上去，肩头微微耸动。

俞兵问过医生，彭大印基本没什么大碍，只要观察休养几天就能康复。

姚樱秋起身紧紧拥抱方方，她从包里取出从宗山古堡带回来的彩绳，那是藏族莫拉送给她的，这里的少女们都拿它来编织发辫，莫拉还手把手教会了她编头发的方法。

姚樱秋说，原本她想养长了头发，回北京后编给彭大印看，就像方方说的那样，要把最好看的样子留给最爱的那个人。

姚樱秋说，现在我把彩绳送给你。

姚樱秋解开方方的头发，认真地给她编起来。看得出，姚樱秋短发的模样由来已久，她手法笨拙，编出来的样子粗细不均，实在歪歪扭扭得厉害，即便如此，方方还是很开心。

进藏一路走来，见过那些山，那些水，那些云彩和牛羊，最美的，一定美不过路上的相遇。他们猝不及防地进入你的视线，你的旅途，然后为了不同的终点终究要转身离别，你们挥手互道珍重，也许今生再不相见，但曾经留给彼此的笑声、歌声、和斑斓记忆，足以温暖日后许许多多冰凉的日子。

他们抵达珠峰大本营时天已经黑了，并且很快下起雨来，气温骤降，他们躲进帐篷相拥取暖。

方方掏出手机，漆黑的帐篷里立马有了荧荧光亮，她看清了身边男人英俊的面容，他闭着眼睛，呼吸均匀。在北京，在舞台，在人生的每一个角落，他们彼此谁也离不开谁，就像现在这样。

她想起有一回在解放军歌剧院演出《拿什么整死你我的爱人》，高烧四十度，头疼得快要炸裂，她身体绵软，肌肤里每一个毛孔似乎都在裂变，把体内仅存的一丝能量都要喷薄干净，可是戏比天大，她必须顶住病痛上场，和扮演孙六一的俞兵演完一场矛盾冲突最激烈的戏。

还记得演《暗恋桃花源》时，她的鼻子哗哗流血，她用衣服堵住鼻孔，整场观众愣是没看出来，而俞兵也见证了这一幕，他们深知舞台的残酷和魅力，遇到这样的突发状况，他们无怨无悔，甚至乐享其中，他们彼此呵护共进退，就像同一个战壕的革命战友。

帐篷外山风呼啸，雨雪夹杂在一起密密匝匝地打在帆布上，一阵强似一阵。方方不期待能看见璀璨银河了，她在心里一遍遍祈祷明天清晨一定要看见日出。

雨狂乱地下了一整夜，谁也不知道是什么时候停住的。俞兵正在酣睡，方方悄悄走出帐篷，外面雾霭深深，云层里传来山鹰空灵的鸣叫。

她一个人穿行在云雾里，有那么一瞬似乎迷失掉了自己，那些藏在雪山里的精灵们在她四周叽叽喳喳，它们拉住她参加这场清晨盛大的雾中派对。

她身上很快湿透了。

她回忆起在病房，医生告诉她噩耗后，她多想一头扎进雨里痛痛快快地淋一场，从头到脚在雨中浸透。

就像现在这种感觉，这种湿透了的冰凉，淋进心里面一遍遍涤荡的痛快，因为那种冰凉竟是温暖的、舒展的，就像冰雪花开后融进泥土里，在春天孕育出种子那样。

可是，一定看不见日出了。

她很失落，甚至没有再跟着人群继续攀登上去。

不知什么时候，俞兵已出现在她身后，他睡眼惺忪，伸出双手环搂住她。

那就挥挥手说再见吧，再见珠峰，再见日出，再见那些沉甸甸的心碎和失去。

他们的车子渐渐驶离大本营，雪山巍峨，绵延成一片，她失了神的看着它们快速向后退去。

俞兵突然在耳畔说，快看——

她回头，看到山巅云海跳出一束金红色的光。

电台里，蔡佳淳的《陪我看日出》刚刚好。

III

永生花之恋
Love of never-withering flower

它已没有露水,把最后一点绿还给了时光,就连香味也慢慢散去,可是那些花瓣并不曾离开花托。我们的爱情,是一朵不会凋零的永生花。

昨夜星辰

当年看《山楂树之恋》，会让我时不时想起三姐和江小峰，在张艺谋那特殊时代背景下的画面基调和音乐构筑起的遥远空间里，似乎让我找到了三姐和江小峰的爱情世界。

即便他们相识相恋的时候是八十年代末，与影片上山下山的岁月相去甚远，可我依然能捕捉到三姐纯真的恋爱季节。那时候三姐二十出头，出落成亭亭玉立的美少女，会剪裁会缝纫又懂得打扮，稍稍修饰就明艳动人，长发飘飘，一席白裙，目光流转间，透着一股泼辣的得意劲儿，可笑起来却能轻轻松松俘获一大票痴情男孩儿。

很多人天生就有这样的能力，不用跟随潮流，不用名牌加身，只通过一番从内到外的生动演绎，就将一套在常人眼里普普通通的衣服穿出让人赞叹不已的神采。

买点碎布料，或者哪怕一丁点边脚料，三姐都能拼接出好看的裙子、马甲，或是色泽鲜亮的头巾，三姐爱拍照，年轻时候拍了很多照片，造型百变，新派摩登。

那时候我还是个少不更事的小男孩，即便打心底不怎么喜欢她，却也屁颠颠跟在后头求她带我玩。

记得那年夏日傍晚，她穿着一袭白底淡绿碎花连衣长裙，大声笑着远远地跟我招手。她双手藏在身后大步向我走来，那轻盈的碎花裙随着步子左右飞舞，她走到我面前，神秘地从身后取出一只蓝色小书包递给我，我迫不及待背上，围着她蹦蹦跳跳……

那是我和三姐最温情的画面了，我极少在她身上感受过温暖。除此之外，关于三姐就只剩一些她尖酸寡薄的记忆。如今的三姐已然是个中年微胖女人，骨子里的泼辣尖酸甚至有增无减。

她会说，朱小川，你在北京都十年了，事业也没啥起色，醒醒吧别做梦了！

她还说，朱小川，你都三十好几的人了，家里老爸老妈可别光指望她啦！

……

如此云云。

可就是这样一个人，也有柔情蜜意、可怜可叹的一面，也同样可以为了爱痴狂，为了爱去死。

我始终坚信三姐和江小峰深爱过，在那个物质依旧贫乏、生活娱乐单调的年代里,他们的爱与恨,他们的痛彻与甜蜜,如今依然能触摸到。

　　三姐有个好姐妹叫小芳,年纪性格相仿,家又住得近,也是极爱美的姑娘,她们形影不离,自然成了好闺蜜。她总是屁颠颠地跟在三姐和江小峰后头,从不介意自己当灯泡的事实。他们一起爬山,一起唱卡拉OK,一起混进大人们觉得堕落不堪的舞厅里跳迪斯科。

　　那时候他们最爱唱《昨夜星辰》,三姐唱一句,小芳接一句,江小峰听了就连连叫好。

　　现在想想那画面,依然叫人心醉——江小峰带着俩容貌姣好的妙龄姑娘,奔跑在城市凌乱的大街小巷,他们拨开灰不溜秋的人群,穿过一片挨着一片花花绿绿的水果摊、小铺子,花两毛钱接过杂货店老板递上来的橘子汽水,三个人气喘吁吁地靠在墙上一口接着一口地喝,午后的太阳把他们的笑容镀上一层怀旧的金光。

　　街坊看到他们仨远远走来,就取笑小芳说,小芳,你这架势,是要陪嫁当小丫鬟吗?

　　小芳想也不想,伸出一根指头戳了下江小峰脑袋,一脸天真说,是啊,就要看姐夫是不是对三姐好,只要对她好,这个小丫鬟我当也就当了。

三姐说，那他的命也太好了，你就这么便宜他？

小芳拉住三姐的手凑耳边说，我是不愿意和你们分开。

江小峰在一旁红脸痴笑。

除夕夜江小峰吹了一个鼓鼓的中分头，他双手抱胸前，风度翩翩倚靠着一辆不知从哪儿借来的摩托，准时守候在楼下，那裹挟着寒意的哨声一传到三姐和小芳耳朵里，二人就噔噔噔跑到楼下。三姐坐中间，小芳屁股一抬，双脚轻轻一勾，就跳上了后座。江小峰载着她俩，在空荡荡的城市街道里疾驰，他们吹着江南潮湿又飘满年味的夜风，大声唱着时下流行的周冰倩、高胜美的歌曲，奔向电影院，奔向他们光明的幸福。

三姐在青春期生过一场重病，后来我才知道那场病夺走了她做母亲的能力，以后的许多年，三姐一直靠喝中药来调理气血，而江小峰经常陪着他四处求医，为她耐心熬药，心血来潮的时候还会用竹笼子给三姐抓点小鱼小虾补身体。

我经常啧啧称奇于他麻利的身手，他能大清早从外头捕回来一箩筐活蹦乱跳的亮晶晶的鱼虾、黄鳝、泥鳅，他就是我少年时代的英雄。

我说，江小峰，带我一块儿去捉鱼吧。

他说，那就得起早。

我记得那年夏天，天刚蒙蒙亮，我被江小峰唤醒。他骑着自行车带我来到城郊水塘边，那水塘里长了很多芦苇，郁郁葱葱，层层叠叠随田间凉爽的晨风轻轻摇曳，被梦惊醒的鸟雀从水草中平地跃起，迎着黎明的第一缕曙光拍翅飞去。

他娴熟地撒网，收网，没过一会儿我们就收获颇丰，鱼虾、螃蟹、螺蛳、扇贝，满满一箩筐。南方漫长的夏季天气说变就变，刚刚还是朝霞漫天，伴着沉闷的雷声，转眼间天上开始掉落豆大的雨点，他拽住我往不远处已被废弃的砖窑厂奔跑。

我们钻进烧砖的窑洞里躲雨，他看我全身湿透，就脱下衬衣里的T恤给我套上。

我说，你怎么知道这里有个窑厂？

江小峰说，以前暑假时背着家人在这里搬过砖。

我说，记得三姐也背着爸妈在窑厂搬过砖，我不知道是不是这里。

就是这里。

这么说，那时候你们就认识了？

江小峰笑了笑说，没错。

我说，你是为了三姐才来了砖窑厂吧？

江小峰捋了捋头上的雨水，不好意思地说，为了三姐，让我干什么都乐意。记得那时候也是这样的大夏天，我们起早贪黑搬砖头，手都快烫熟了。

我说，那时候三姐就被你追到了？

江小峰说，哪那么容易哟，你姐高傲得很，追她的人又多，一个假期下来，手套磨破好几副，说过的话加起来总共没两句。

窑洞外天色越来越黑，雨根本没有停下来的意思，荷塘边那片素净的芦花在风雨中凌乱。四周静悄悄的，这片曾经人来人往、一派忙碌景象的砖窑厂，如今只剩下荒凉，而那庞然烟囱却倔强地高耸入云天。

我说，那你是怎么追的三姐？

江小峰想了想说，我吧，其实大本事没有，我只会对她好。那时候在窑厂，我还为你姐打过两次架！

打架？

一次是和黑心的窑厂老板，我帮你姐追回好多被恶意克扣的工钱。

还有一次就是跟追你姐的朱广茂打，看得出来你姐根本不喜欢他，可朱广茂仗着他爸是街道领导硬是对你姐死缠烂打，我把他约到水塘芦苇那边单挑，结果这广茂太不是个东西，竟喊来乌泱泱一群人，我心想，这回可要倒霉了。

我笑嘻嘻地说，那你肯定被打花了。

江小峰也笑，他说，虽然被打得鼻青脸肿，但能换来你姐的关心，太值了。

我说，你会一直对三姐好？

江小峰想也没想说，那当然。

放晴已是中午，我肩上背着渔网，手上拎着装满了战利品的水桶，一路哼着歌被江小峰载回家中。

江小峰煎好药，又熬好鱼汤，捧给三姐说，你是林黛玉，我就是那陪你哭陪你笑陪你闹的紫鹃，天天给你煎药熬汤，无怨无悔。

三姐看了看江小峰，又看了看手上黑漆漆的药，觉得那药也不那么苦了，咕咚咕咚一口气喝了下去。

有的人天生就不排斥中药，再难喝的药他们都不怕苦，甚至不需要喝完后用清水漱漱喉咙，用红糖润润嗓子。老人们说不怕喝中药的人，生活遇到再多的磨难都不会觉得苦。

三姐小时候体力过人，十四五岁就能干一个壮年男子干的活，有个邻居孩子比三姐长几岁，故意去老妈那儿告状，说学校老师批评她了，三姐二话不说抓起那男孩领口一顿暴揍，此后那男孩每次见着三姐都绕道走。

有一回，隔壁家胖女儿李艳华信口开河说三姐无法生育，气得三姐冲上去和李艳华撕扯。小芳说，你站着别动，让我来，教训她还用不着你动手呢！

小芳朝李艳华阔步走去，那眼睛直勾勾盯得李艳华瞬觉矮了一大截,她那挺起的高高的胸脯和她的性格一样傲然,轻轻松松抓起李艳华的头发,甩手就给了她脆亮两巴掌,吓得她一屁股瘫坐地上,嘴里连连"哎哟哎哟",逼得喊三姐"姑奶奶",小芳这才松了手。

三姐十七岁那年春节前,她拉着小芳,揣着这一年踩缝纫机辛苦赚的百来块钱,跑去小商品市场进了很多年画,有生意经的三姐知道年前年画一定好卖。

她把本钱全投了进去,进了那年头最好卖的"年年有鱼"、港台明星、婴儿画像,三姐和小芳每天天没亮就起来赶市口。小芳在地摊前扯着嗓子叫卖,三姐负责收钱,俩貌美姑娘已是集市少有的风景,再加上货好样式多,地摊前常被围得水泄不通。

李艳华看红了眼,她也去市场进了跟三姐一模一样的年画,挨着三姐摆起地摊。那时候李艳华刚处了对象,她穿着大花袄子,胸前梳了两根粗粗大辫子,看着人流寥寥的地摊,时不时朝木讷的对象翻白眼。

李艳华朝小芳那边努嘴骂道,你瞧瞧人家多会招揽生意,你呢就跟个木桩似的杵在那儿,生意都被人抢去了。

对象斜眼瞄小芳,看到小芳越喊越起劲儿,索性缩脖子在摊前蹲了下去。

李艳华越想越气,她绕到三姐摊前,拽住要掏钱买画的客人,硬生生往自家拉，弄得人哭笑不得。

李艳华说，我的画好，还便宜，我全部给你进价。

小芳拨拉开李艳华拽着客人的手说，你起开，抢客能不能抢得高明点？整个一山头女土匪。

李艳华哼哼一笑，不仅不松手，嘴里还骂骂咧咧。她说，就抢客了怎么着吧，抢的就是你家，你们这生意做得让人没法活了。

三姐再也看不下去了，她像只发怒的狮子冲过来，轻轻松松就把李艳华撂到了地上，小芳一个健步骑在肥胖的李艳华身上，她俩左右开弓配合默契，李艳华又一次被打得鼻青脸肿，直到对象挤开人群闯进来救她。

等三姐停了手，才发现那些花花绿绿的年画早已被满地打滚的李艳华碾得七零八落，踩满泥泞，三姐叹了口气，两道眼泪滚落下来。

那天晚饭，三姐端着碗愣愣出神，李艳华对象拖着几个编织袋来找三姐，他说，他来替李艳华赔个不是。

他说，李艳华就是个头脑大条的姑娘，本心其实不坏，她让我告诉你，过完年她就要嫁走了，以后就是想吵，估计也难得见面了。

他把编织袋交给三姐说，她让你不要生气，这些年画就送给你了。

三姐说，我不气了。你好好待李艳华。

三姐从来没有跟江小峰说起过少女时生的那场重病，可是随着爱情的日渐浓烈，那难言之隐压得三姐喘不过气来。她常常从梦中惊醒，喊我为她倒水喝，我揉着惺忪的眼睛，迷迷糊糊看到她喝着喝着就开始掉眼泪。

三姐说自己一定生错了性别，如果是男人早该出人头地了，就不用受这么多罪了，可她偏偏是个女人，而命运又让她成为一个不健全的女人。

我一直相信三姐要是个男人，就一定能闯出一番名堂的事实。她外表那么坚忍，无论梦中哭醒过多少回，无论江小峰多殷勤，她都把自己小心翼翼地包裹起来，而心底那一小簇不完美的瑕疵，只有在他跟她求婚的时候，三姐才用泪水释放出来。

她肩头一耸一耸号啕，哭得不知道怎么起的头，也不知道怎么去收尾，她就那么眼泪哗哗地哭，叫人心头一阵紧似一阵。

他的心碎了。他流泪跪在三姐面前紧紧抱住三姐，说他会永远爱她珍惜她，以后相依为命。

一九九五年，江小峰祖母去世，依照风俗，三姐和江小峰不能举办婚礼，没有漂亮婚纱，没有钻戒，没有隆重的仪式，她在小芳的陪伴下，蹦蹦跳跳地走进了江小峰的新房。

小芳剥开一粒喜糖，塞进嘴里，对端坐在床沿上的三姐说，我要走了。

三姐问,去哪儿?

小芳说,去舞蹈团跳舞。

三姐上下重新打量小芳,是啊,小芳出落得那样标致,大眼睛,瓜子脸,一米七的个头,黑亮及腰的马尾,三姐记得在舞厅里小芳跳迪斯科的样子,她穿着紧身喇叭裤,上衣在腰间松松打个结,随着音乐曼妙摇摆,舞池里的男男女女见状都停住了,自动围成一圈盯着她呼喊。

重新这么审视小芳,她在三姐眼里明晃晃的真的像明星似的浑身闪着光芒。

可是三姐又不放心,三姐说,跟你爸妈商量了吗?

小芳说,只要跟你商量就行,你放心吧,杭州歌舞团已经录用我了。

三姐一听就站了起来,你要去杭州?那以后是不是很难见面了?

小芳说,不会,我要是想你了,就回来看看你,你要想我了,可以让江小峰带你来杭州看看我,多简单的事情。

小芳从兜里掏出一沓花花绿绿的钞票塞三姐手上,骄傲地说,你别推托,咱以后也是吃公粮的人了呢。

小芳这一走,就是好多年。那些年里,三姐和江小峰在义乌小商品市场卖过鞋子,去山东、山西、甘肃做过生意,还做过一段时间的蜜枣生意。义乌蜜枣又被称为金丝琥珀蜜枣,香糯可口,纹缕如丝,以"蜜饯珍品"闻名天下。

他们白手起家,赚了钱后就盖起了三层小楼房。

江小峰从父辈那里学过如何煎制蜜枣,他们从市场上拉回新鲜大枣,雇来了工人,垒起了灶头,烧起了炭火。做蜜枣的季节正好是夏天,所以放暑假我就给三姐帮工。

做蜜枣需要很多柴火,还有木炭,柴火要劈开,整桶的木炭要敲碎,我哪里干过这许多重活,只记得炎热的夏天我和江小峰把一卡车木炭都敲碎了,我们浑身上下都粘上一层厚厚的炭粉,最后脸上、鼻孔全都是黑色的。

我和江小峰你看看我,我看看你,互相取笑。

我说,我真的累了,站着都快睡着了。

江小峰说,你洗洗澡回去休息吧。

三姐沉下脸说,你是偷懒了吧,就这么点活就懒成这副德行。

三姐从小就是精明厉害的姑娘,结婚后她的厉害劲儿更是有增无减,有个妇女带孩子来加工蜜枣,刚偷偷给孩子吃了两颗,就被三姐抓了个现形。三姐扯开嗓子喊,不能偷吃枣子,再吃就得扣工钱了。

江小峰说，吃就吃吧，小孩儿能吃几颗枣子呢。

三姐骂，现在不把风气遏制，以后指不定多少嘴来吃呢。

那一年是大枣盛产的年头，做蜜枣的人很多，影响了销量，价格也上不去，能保本就已万幸。雪上加霜的是那年夏天雨水特别多，南方天气本来就潮湿，天天下雨别说蜜枣很难烘干，就是烘干了的成品也很快受潮发霉，加之销售受阻，蜜枣大量积压变质。

那一年三姐和江小峰忙活了一个夏天，却把所有积蓄都赔了个精光。

后来三姐就病了，不知道是长时间的操心劳累，还是心疼，在那个下了很多雨的夏天和接下来的秋天，三姐久卧病榻。而那一年，全家人蜜枣没少吃。

三姐康复后就按捺不住了，她对江小峰说，他们得出去做买卖。

江小峰一声不吭，三姐白了他一眼说，我先缝纫手套吧，速度快点一天下来怎的也能挣上个百来块。

江小峰帮三姐翻出那台蒙了尘的老式缝纫机，把它擦拭干净，在各个螺丝、轴轮上添加机油。坐上去踩一踩，那缝纫机就响起了愉悦的咔嚓声，它开始飞快地转动起来，三姐和江小峰似乎看到了幸福的未来。

江小峰很听三姐的话，几乎是唯命是从。在三姐看来，她可以玩转江小峰于股掌，只要她说一，江小峰就不敢说二。她想吃虾了，江小峰就给她捉虾，她想吃鳖了，江小峰果真蹲守几个晚上，大清早黑着眼圈给三姐弄回来一大只野生鳖。三姐不让江小峰出去鬼混，江小峰果真和那些狐朋狗友断了往来，老老实实在家陪三姐。

第二年开春，三姐和江小峰整顿好行囊，启程株洲。几个月后，三姐却只身回来了，不过她的怀里多了一个婴儿，三姐说，她叫昕然。

株洲生意惨淡，数月后江小峰也回来了，他给昕然带回很多玩具，还给三姐买了一只钻戒。

三姐把昕然哄睡后，就跪坐在席子上，跷起手指翻来覆去欣赏那枚钻戒，看看它，再抬头看看江小峰和孩子，三姐心里头就满满当当地充实起来。

二〇〇三年，江小峰跟朋友只身跑俄罗斯做生意，他终于赚钱了，带着三姐开上了大奔。再后来，昕然长大了，读小学五年级了，江小峰却背着三姐找了别的女人，虽然最终江小峰和这个女人没有走到一处，但他铁了心要和三姐离婚。他说，这么多年他已受够了三姐，这些当牛做马把她捧上天的日子他过够了。

他对三姐说，求求你放过我吧，松松手，让我走。

三姐不相信那个流泪跪在她面前说永远对她好，说相依为命这些话的男人会轻易变卦。他可以熬夜给她捉鱼虾，摸泥鳅，他们走南闯北经历过那么多风风雨雨,怎么能说走就走?

三姐以死相逼,三姐要上吊,三姐要投塘,三姐碰破了额头坐荷塘边大哭,拖儿带女回娘家的李艳华,带着几个女人拽住三姐陪着抹眼泪。

有一次,小芳飙着红色法拉利回来,戴着墨镜踩着恨天高三步并两步怒冲冲赶来,她推开人群嘴里开骂,拦什么,别拦她让她去死,你倒是去死啊!

小芳扔掉墨镜,靠着三姐一屁股坐地上。三姐抬头看是久别的小芳来了,委屈和感动缠绕扭曲着在她心里攀爬,揪得她一阵比一阵痛。

小芳揽过三姐,二人抱在一起扯破了喉咙痛哭。

荷塘里绿影浮动,现在还没到荷花盛开的季节,只零星露出几点红来,风一吹,那团团荷叶慢慢悠悠翻滚起来,荡起一缕缕温暖的清香。

小芳说,傻姐姐,你以为你的生命里就只有他吗?你不还有昕然,还有姐妹吗?这一别咱们都多少年了,你怎么就一点不关心我在外头是死是活过得好不好?

小芳还说,傻姐姐,你要知道你和他都是过去式了,没错,他的确陪你看了很多风景,年轻时候我也见证了你们的风景,但是他还独自看了更多不同的风景,以后你们再也回不去了——我也回不去了,我们都回不去了,以后,我们都要向前看,我们要活得更美丽。

三姐抽抽噎噎,说男人都是虚伪的骗子。

可是人不都活在谎言里吗,用纯情的谎言编织梦境的糖果,只有谎言才让我们勇敢地迈开步子,勇敢做出抉择。

有时候,我们甚至要感谢那些生命里跟你说过谎的人。用一生来兑现谎言的人,比道尽真话,更叫人敬畏。

小芳说,经验告诉我们世事险恶,可是我们有什么办法,我们每天必须徜徉其中装作一切都很美好,电视在造梦,杂志在造梦,人言在造梦,自己给自己造梦,梦一醒,全碎了。

爱情的不完美各式各样,但一定有这样两种,一种是不温不火无关痛痒,它只那么日复一日地存在着。这种没有激情没有碰撞的存在,就和死了一样没什么区别,然后突然有一天幡然醒悟,淡然说分手,不会舍不得,不会掉一滴眼泪,干脆决然的样子连自己都觉得陌生。

小芳说,还有一种是爱得太用力太过火,每天都问一遍你爱我吗,动不动就说分手,爱的能量太多无处发泄,以致让对方难以招架而分手。

小芳侧过脸,微闭双目,一股热泪从眼角无声滑落。她淡淡一笑说，我俩都一样，用情太多，其实说起来，就是另一种自私……

这种自私很无辜。

但敢于直面真实的自私，比太多丧失自我的唯唯诺诺好太多，至少纯粹、透明，带着尖利，一碰就出血。

小芳说，我要给你讨个说法。

三姐问，你想干吗？

小芳说，你什么都别管。

后来，小芳带着一帮哥们找到江小峰。她对江小峰说，想不到你会这样对三姐，是的，她这傻女人是霸道，可你把咱们年轻时候的回忆都忘光了，而我到现在还会时常怀念，时常在梦里回到过去，醒来的时候脸上挂满泪水。

小芳说，今天，就让我最后再喊你一声姐夫吧。

小芳伸出一个手指在空气里轻轻一点，那些人就围住江小峰一阵拳打脚踢。

小芳戴上墨镜转身离去，眼泪在墨镜下缓缓滑落。

她身后，江小峰蜷缩地上，鲜血淋漓。

她清楚记得那年青春年少，她也曾伸出一个手指轻轻点在江小峰额头，天真地说了一些年少时候说的玩笑话：就要看姐夫是不是对三姐好，只要对她好，这个小三我当也就当了。

这些真挚滚烫的玩笑，犹如和月光一起到来的潮汐，一次次涌进记忆的堤岸。

许多年过去,三姐早已从离婚的阴霾中走出,她在超市找了一份验收员工作,靠微薄工资抚养昕然。

后来,我听说江小峰被那女人的家人打折了腿,在俄罗斯做生意还亏了不少钱。他很少来看三姐和昕然,也从来没有给过抚养费,或许这些年来他生活也不易。

我每次开车从化工路经过,都能看见江小峰一脸茫然坐在他家楼下的超市门口,有时候和几个无所事事的混子扯扯皮,有时候一个人静看面前的车来车往,手上那根即将燃尽的忽明忽灭的烟头,让他看起来更落寞。

三姐每每说起这样的画面,就会露出一副不屑的模样,开启她喋喋不休贬损人的本事。

我不知道三姐是从什么时候变成如今这般模样的,她也曾野心勃勃,也曾狂热地追逐生命,像一团燃烧不尽的炭火,可是现在她变得这样冰冷刻薄。

我挺厌恶她的。直到有一回我在小芳家吃晚饭,突然接到三姐电话说她被人打了,我才知道三姐这些年过得挺不容易。

找碴儿的是一个六十多岁的老寡妇,那老寡妇骂三姐是不会下蛋的母鸡,骂三姐死皮赖脸要跟江小峰复合,她扯着嗓子喊,江小峰早在外面找女人生了娃，想复合那简直白日做梦。

看热闹的人围得里三层外三层。

三姐自然忍不了这般折辱，她气得回顶几句，那老寡妇就要上来打三姐，左右推搡中，硬说三姐打了她，还叫来子女揍三姐。

我们赶到的时候三姐已被送进派出所。那时候已是十二月中旬，我们一群人焦急地等在空旷冰冷的派出所大厅里。

黑是夜的颜色，外面细雨纷飞，风透过敞开的玻璃大门赤条条刮在脸上，和那老寡妇咒骂三姐的话语一样，破肤而入，冷到心底。

大家疲惫地蜷缩在一起。

小芳左右找人疏通关系，她握着电话在细雨中焦急地来回踱走。在她的努力下，三姐终于被释放。三姐肿着眼泡从审讯室出来，见到小芳就扑进她怀里泣不成声。

小芳后来告诉我，那年在荷塘边找到三姐，见三姐精神恍惚，就把她接到家里，请保姆二十四小时盯着她，后来实在看不了三姐这样作践自己，她就狠狠心下手打三姐，左脸一下，右脸一下，左脸又一下……

那声音冰冷脆响，疼到心尖，直到俩人抱在一起失声痛哭，哭累了，就开始喝酒，用嘶哑的声音唱"昨夜的，昨夜的星辰已坠落，消失在，遥远的银河……"

我曾经和三姐敞开心扉，聊过很多她令人厌恶的坏脾气，她叹气说，要不是少女时代得的那场重病，她也不至会变得那么敏感、刻薄、冷若冰霜吧？

后来，我就不那么讨厌三姐了，我经常想起少女时代的三姐，那时候她那么纯真、那么骄傲，有使不完的性子，花不完的力气，唱不完的歌。

再后来，每次经过化工路，我都会摇下车窗看看江小峰，他或许也能看见我，但时间已过去太久，估计他已认不出我了，认不出那个跟他后头捉鱼虾，在窑洞里躲雨，和他一起敲木炭，鼻孔里吸满炭灰的淘气少年了。

我也快认不出他了。

昕然期末考试前一个晚上，学校班主任突然给三姐打来电话，她说昕然发烧了，校医给她打了退烧针，体温一直下不去，三姐挂掉电话就往学校赶。

三姐正赶上学生们晚自习结束，他们大多戴着眼镜，一脸青春，或欢脱或疲惫，他们成群结队朝三姐涌来，三姐呆呆站立其中，恍惚中看到江小峰背着昕然从人群中走来。

三姐努力在脑海中搜索，她依稀记得上回江小峰背着昕然是在十年前。十年了，细想周遭世界似乎并没有太多改变，她依然站立原地，而他，正从不远处向她慢慢走来，就像最初那样，走进她的视线，她的心底，她就那样哭得稀里哗啦。

车子行驶在商城大道，窗外星空闪烁，城郊的天空格外爽朗。昕然呼吸局促，趴在三姐腿上睡着了。他们一路沉默。

我突然想起谷村新司的《昴》。脚下的路越走越远，却越懂得一生一世只等一个人。

后来我知道那天晚上都是小芳安排的，是她告诉江小峰昕然发烧了。

我给他打电话，我说，咱们见一见吧，两个男人的面对面。

他静静坐我对面，身上再也没有过去的意气和轻狂。

我递给他一支烟，直奔主题，你想过复婚吗？

他抬头看我，说，不敢想，他嘴唇微微颤动，欲言又止地把脸扭向窗外，又说，其实想过，我还痴痴想过要给你姐置办一个像模像样的婚礼。

我眼睛一亮，喜出望外。

他委托我给三姐送一束玫瑰，我说，你总该写点什么吧？

他说，我写不好，你是作家，你替我写。我相信你。

我看了看他，眼前飞快闪过那些发了黄的画面。

我在卡片上写：谢谢你放手让我去看不同的风景，现在，我回来了。世界很大，我希望能重牵你的手一起看那些看过的和还没看过的风景，再也不松开，然后有一天，猝不及防地再对你说，谢谢你让我回来。

......

二〇一六年九月,三姐和江小峰的好日子很快定下了,我根本想不到这一切会进行得那么顺利。

可是谁不允许走点弯路呢?幸福也可以走弯路的,只要它最后真的来到你我面前,而多年以后的现在,终于,你我对一切都学会珍惜。

三姐的内心深处一定盛开过那束洁白而纯美的山楂树花,如今,那花儿一定会在三姐的梦里开放,踩着落英一次次从那圣洁的树下走过,散发着少女时代的芬芳。

三姐终于穿上嵌满银色立体条纹的洁白婚纱,那特殊工艺的银色条纹从胸口处向下呈放射状逐渐疏朗开来,就像夜空中怒放的烟火,也像夏日银河中璀璨的流星雨,让三姐更多了几分梦幻的飘逸。

恍惚间站立在我面前的三姐成了一个神像脚下的小仙女,无忧无虑,欢脱稚趣,从来没有遭受过尘世林林总总的困扰和伤害,一辈子受到神人庇佑。

这画面并不算晚,因为幸福从来不会迟到。她的皮肤虽早已失去往日光华,可岁月自有它的美丽,它的雕琢会让人性的光芒更立体、更真实,我并不准备给三姐做过多的修饰,不会给她粘美目贴,不会遮瑕,不会打鼻侧影,懂得满足的女人最美丽。

我独自一人走到阳台吹冷风。屋里,父亲和亲家公他们聊兴正酣，江小峰牵着昕然的手在一旁聆听，三姐则在一旁端茶送水，时不时搭几句腔，一如从前的机警钻营。

小芳在婚礼上喝高了，她跌跌撞撞地说她很久没这样喝酒了，她就是开心，她说记得像这样喝酒还是十多年前的事情了，那时候为了她的男人能拿下韩国人那笔大单子，她替他一口气喝下八瓶啤酒。

后来她给三姐发了条微信，她说很开心三姐和江小峰又回到了过去，那想来依然叫人心潮澎湃的青春年华，可是她自己却回不去了。

望一望夜空，漫天星光，那一定是三姐和小芳的星空，如昨夜明亮。

耳畔隐隐地又似传来她们少女时代的怀旧歌声，那样青春，那样幸福：

  今夜的，今夜的星辰
  依然闪烁，
  ……
  爱是永恒的星辰
  绝不会在银河中坠落
  ……

倒霉蛋先生和气儿不顺小姐

只要敞开心扉，站在阳光照得见的地方，爱情、友情，那些可遇不可求的精彩便都能翩然而至。

气儿不顺小姐是我在戏曲学院的小师妹，在遇上倒霉蛋先生前，她的微信签名还是气儿不顺小姐。

那时候，气儿不顺小姐刚结束一段长达四年却无果的异地恋。当男生终于完成学业回到北京，她才发现，两人出于习惯也好，礼貌也罢，翘首以盼的久违甜蜜，都只是彼此苦心营造的精美伪装。

一旦朝夕相处，便都疲于装饰，时间如同一枚照妖镜，硬生生地把彼此打回原形。她仔细想了很久，在这段聚少离多的恋情里，虽思念成灾，抱怨满腹，但终究是爱的意淫多过一切，她又常常心有不甘：以后还会不会遇上更好的？

爱情有很多种，在有些爱里，我们愿意委屈自己一再迎合卖乖；在有些爱里，我们心甘情愿向他靠拢，于是真的以为就收割了幸福；还有些爱，我们小心翼翼粉饰一切瑕疵却整日诚惶诚恐……当然，最好的爱情莫过于你来我往在彼此联动中互为需要，从此卸下坚硬的铠甲，少了磕碰，多了温润。

在气儿不顺小姐不太成熟的爱情观里，她认为爱就是本体遇到肋骨，来到世上就是为了一番寻觅，而后一拍即合。

但此后的很长一段时间，除了遭遇几次"你死我活"外，气儿不顺小姐都遇不上那个"一拍即合"。

学戏剧文学出身的气儿不顺小姐毕业后顺理成章成为一名舞台工作者，有一次，他们的新戏在国家大剧院戏剧场首演。演出前几天，气儿不顺小姐约好了工人来检查灯光线路，偌大的舞台，各部门近百人忙前忙后，却只维修工人迟迟不来。

本来就容易动怒的气儿不顺小姐，此刻愤怒值更是爆表，她抄起手机麻溜按了拨通键，那边刚响了一声，只见一个提着工具箱的男孩走了进来。

气儿不顺小姐挂了电话一个箭步上去，连珠炮一般问道，你是来修灯的吧？你有没有点时间观念？你看看现在几点了？

不等男孩分辩，她就把男孩拉扯到舞台灯的吊杆下，指着爬梯说，有个灯不亮了，麻烦你给看看——哎，我说你看着我干吗？你倒是上去啊！

这时气儿不顺小姐的电话响起，是灯光工人的声音，他抱歉地说，车在路上抛锚了，还得再等会儿。

尴尬了！那眼前这个人是谁？管他三七二十一，先道歉再说。

她的态度一百八十度转弯，不好意思地说，大哥，幸亏没让您上去，不然胳膊摔折了拉不了琴我真赔不起。

提着箱子的小哥见机坏笑着调侃气不顺儿小姐，小姐，您眼神儿不好也就算了，脑子还不好使，脾气也这么暴躁，你爸妈一定特别发愁你怎么嫁人吧？

听一个路人这么损自己，简直气不打一处来，但又想着本就是自己误会了人家，气儿不顺小姐忙着没空跟他周旋，只扯回了句：谢谢您的担心，祝您婚姻美满，家庭幸福和睦。然后转身忙自己的活儿去了。

后来她才知道，这个男生是隔壁音乐厅的演奏员。

气儿不顺小姐心想，人家是做古典乐的，那可是高雅艺术，让人家爬脚手架，检查灯泡和灯罩，鬼知道当时她是怎么想的。

首演那天，气儿不顺小姐被派出去买一个小道具，走得匆忙没带证件，回来的时候，剧场保安死活不放她进去。

谁都知道国家大剧院安保特别严格，可是在气儿不顺小姐看来这都不是事儿，她眼睛一闪，硬着头皮就往里冲。

有票的观众走对面。安检小哥喊。

我没票。气儿不顺小姐不紧不慢地回道。

没票不让进!

我是工作人员!

证呢?谁能证明?

对哟,谁又能证明?剧场屏蔽信号,她挨个打电话,都处于关机状态,就在这时候,她看到那个倒霉蛋演奏员又出现了。

喂喂喂喂喂!她飞奔过去一把抓住倒霉蛋先生,你能证明对不对?

我?我怎么证明?对方一脸高冷,简直拿鼻孔说话。

安检小哥正巧向这边看过来,演奏员却有意提高嗓门继续说,这位女士,我认识你吗?

气儿不顺小姐又被激怒了,原来如此的小肚鸡肠!你好歹也是个文艺工作者,戏比天大你不知道吗?

看对方不吃这套,她赶紧瞬间变脸,装可怜柔声说,哎哟大哥,救我一命呗,您看您就算对我见死不救,也得对观众负责啊。

倒霉蛋先生不怀好意地扑哧一笑,保安大哥,我认识她,她是专门给戏剧厅修灯罩的。

在保安一脸怀疑中,他拉着一头雾水的气儿不顺小姐进了剧院。

气儿不顺小姐心想，这真是个锱铢必较的小人，不过她还是抚平了情绪，然后轻描淡写挤出一句，谢谢哈，以后你们音乐厅要修个灯罩换个灯泡什么的，也能找我，打折。

打折就算了，看上次你的样子，我真担心你要急了估计能把我的腿打折，演奏员故作挑衅说。

在如此你一句我一句看似寻常的唇枪舌剑中，气儿不顺小姐自觉遇到了对手，她侧过脸多看了几眼这个饶有趣味的倒霉蛋先生。

他浓郁的眉毛，黑框眼镜下一双滴溜溜转动看起来满脑子歪主意的小眼睛，估计和气儿不顺小姐自己比起来也是半斤八两；修长的脖子被白衬衣衬托得好看了几分，可是再定睛一瞧，衬衣两片领口，有一片却被压在了西服领口下，衬衣袖口也足足长了西服一大截。气儿不顺小姐心里不免嫌弃有余，再往下看更是惨不忍睹，估计因为马虎，倒霉蛋先生一只裤脚被扎在了袜子里，像极了灯笼裤，她随即听到心里头清脆的咯噔一声，心里念道，真是个屌丝。

有一天演出间隙，气儿不顺小姐一个人在后台逛荡，国家大剧院这个"巨蛋"内部的后台区太大了，来过这里的人都说像极了一个华丽而庞大的迷宫，以至于歌剧院、戏剧场、音乐厅等都需要用红黄蓝不同颜色来区分,演职人员只有看着脚底下的颜色,才明白此刻身在何处。

每一出舞台剧成功演出并深受观众喜爱的幕后,是剧组各部门协作配合的集体成果,每一个人、每一个环节都不允许出任何差池,否则就会造成难以挽救的舞台事故。每一次演出,就像持枪荷弹踏上无硝烟的战场,气儿不顺小姐很为自己是舞台前线的战士自豪。

走出戏剧场边门,转几个弯就到了音乐厅的地界,气儿不顺小姐自己也不知道怎么会出现在音乐厅,她想既然来了,就不妨溜进去一探究竟,兴许能见到那个倒霉蛋先生呢。

音乐厅此刻正在演奏罗马尼亚作曲家旦尼库的作品《云雀》,这是一首在小提琴高音 E 弦上以绝无仅有的颤音技巧难度而闻名世界的名曲。舞台下观众席黑压压一片。

她小心翼翼掀开幕布一角,一双猎奇的眼睛在后头一番寻觅后,终于看到舞台上紧挨着指挥的倒霉蛋先生,他时而凝重地紧闭双目,时而又深情地望向深邃的远方,而指尖却在琴弦上轻灵滑动,那流淌出的明快欢腾旋律在上千人的音乐厅上空久久飘荡,听者仿佛真的坠入了绿森森的广袤树林,那里阳光明丽,溪水缠绵,耳畔云雀争鸣,如梦亦幻让人久久不愿醒来。

气儿不顺小姐倒吸一口凉气,心想,真不愧是殿堂级的演奏家，手持提琴的他在舞台上那样光芒四射，他寄托琴弦的柔情就像王子一样高贵——不过话说回来，台上台下可真是判若两人。

演出完，气儿不顺小姐和他发了几条信息：

倒霉蛋先生，您的演奏惊艳四座啊！

你也在？我这怎么成倒霉蛋先生了？这名字不好，给我改了。

行，那就改成好脾气先生。

为啥？

因为我是气儿不顺小姐！

此后，好脾气先生会请气儿不顺小姐去观看他们的排练，作为回报，气儿不顺小姐也会在戏剧厅给她留一个位子；好脾气先生是剧院的常驻演奏员，他常带气儿不顺小姐去蹭他们的员工餐厅，作为回报，气儿不顺小姐吃光了他的饭卡。

你怎么这么能吃？好脾气先生说。

你怎么这么不会说话？气儿不顺小姐翻了个白眼。

不是……你是真的很能吃啊。好脾气先生面露委屈。

你够了！

我是说，估计很长时间都不能带你来吃饭了……好脾气先生埋下头闷声扒了几口饭。

为什么？

你不知道你们的演出快结束了吗?

气儿不顺小姐突然想起,这一轮演出明天就要收官了。

两个人都没有再说话。气儿不顺小姐觉得奇怪得很,居然会有点怅然若失。

一连几个月,气儿不顺小姐都没有项目在大剧院演出,但她每条朋友圈的下面总是多了好脾气先生点赞的头像。

我们常感叹缘分奇妙,感叹缘分太深,缘分太浅,缘分太遥远,缘分太虚幻,它飘忽不定,它如影随形,它来得太慢让你满腹疑虑,来得太快又让你心绪飘荡乱了阵脚。

慢慢地,他走进了她的世界,她的生活。他们开始约着去看话剧、听音乐会,在各自领域当起彼此的老师。

气儿不顺小姐发现,好脾气先生这个人挺有趣的。有一回在王府井,迎面遇上一个小孩,演奏员不知哪里寻了灵感,把自己装成一个健身大块头,他绷起两个胳膊,一步一跺脚朝小孩走过去,然后用不知道几次元的口音说:"嘿!肖海!(小孩儿)"他张牙舞爪不把孩子吓哭就誓不罢休,然后那孩子先是一愣,随即"哇"一声哭了,好脾气先生还没来得及乐,就看到旁边一个真正的彪形大汉正掐着烟,地震山摇似的往这头奔来。

完了,那准是孩子他爹!气儿不顺小姐吓得花容失色。

好脾气先生拉起气儿不顺小姐一路狂跑,那感觉真是幼稚极了,就像学生时代干了坏事被保安发现追赶的场景。

傍晚,后海霓虹初上,酒吧街各种民谣、摇滚、最时髦新歌从空中,从水面,从各处角落迷迷糊糊地飘荡过来,纠缠碰撞在一起,在后海方圆几里的上空奏响了夜的序曲。

熙攘的人群里有不少频献殷勤的酒托,也有三五一拨的卖花姑娘,但凡有行人遇上卖花姑娘,要么爽利买下,要么直接婉拒。

看着好脾气先生花好几百买下姑娘手中那一大捧玫瑰,气儿不顺小姐心里暗喜这孩子终于开了窍,总算有了点浪漫态度。

没料想他一把将花塞进气儿不顺小姐的怀里说,一会儿有情侣走过来,咱就抱着这花问他们,买花吗?买花吗?可好?

听罢,气儿不顺小姐觉得既好笑又丢脸,舞台上光芒四射的音乐家,生活中却是十足屌丝。回想先前侧幕所见,他是那么深情专注,仿佛他将全身的力量凝聚在了指尖,时间也似静止,只有精灵般欢快的音符划过心间。

后来好脾气先生回想起这些年来经历的人们眼中不解的幼稚往事,竟在气儿不顺小姐面前落了眼泪。

他说,人的一生总会遇见那个最懂你的人,而懂你,于你来说就叫善良。

为何我们身边总是过客匆匆,他们风一样走近,又风一样远去，他们甚至不愿意为你稍稍驻足一秒，更别说用心了解你。

过去，他们都说他在舞台上弹得一手好琴，可那又怎样呢，下了舞台他们却评价他低级趣味，可见只有爱他，懂他，才会明白他的纯真所在啊。

二〇一五年冬天的某个周末，好脾气先生约气儿不顺小姐在欢乐谷见面。

等气儿不顺小姐赶到欢乐谷，远远就看到有只巨大的维尼熊傻站在一群小朋友中间，那些小朋友一会儿拽他的手，一会儿又跳起来揪他的耳朵，那大熊东倒西歪地失了平衡。

气儿不顺小姐打电话问，你在哪儿？

我在欢乐谷门口，你看到维尼熊了吗？手上抓了很多气球的维尼熊？

我看到维尼熊了，好傻呀哈哈哈，不过没看到什么气球呢。

凭着气儿不顺小姐多年编剧经验，心想，不对，这维尼熊不会就是好脾气先生吧？可是刚才……还说人家傻……

好脾气先生一听，立马摘了维尼熊脑袋，发现自己两手空空，先前准备的二十只气球早被小朋友们抢光了，这个七尺男人此刻着急得像个被小伙伴欺负的弱势儿童，他追着小朋友们喊，快还我，还我气球……

小朋友们嬉笑着一哄而散。

气儿不顺小姐觉得好笑又欣喜,甚至好奇高情商的自己在交往过那么多优质男友之后,为什么会看上如此单一的男人,内心没有答案,但眼眶早已湿润。

小时候我们向往甜蜜的王子公主故事,长大后,我们又一次次被影视剧里色彩斑斓的浪漫桥段感动,女生们总是期待,有一个人也能对自己如此温柔相待。虽然大多时候会傻得天真,会笨拙,一不小心就露了馅,在众目睽睽的人群中狼狈不堪,可是爱这件事,在任何时候都需要勇气,哪怕磕破了皮,渗出了血。

小朋友们太淘气了,他的人偶服早就被扯烂,维尼熊脑袋不知什么时候也被哪个淘气包踢到十米开外,还沾了一地泥,他终于抢回几只气球,像个无辜孩子似的呆呆站立原地。

气儿不顺小姐奔跑过去,脑子里想了很多甜言蜜语,可是一张嘴,画风又变成:行啊,这造型不错,蠢萌蠢萌的很适合你。本想哄一哄他却又忍不住调侃起来。

好脾气先生委屈地说,你这女人不要太没良心,我正为我未完成的杰作伤心。

气儿不顺小姐看他一脸傲娇赌气的样子,忍不住送了他一个大拥抱,顺带调侃:你已经抱得美人归了有什么好难过的。

好脾气先生想绅士的给气儿不顺小姐一个公主抱,可是两人却一起摔到了地上,他揉着屁股说,哎哟我去,你这体重真不是盖的!

体重超标,体脂连续两年增长 3%,是实践出真知吧?

嗯?你怎么知道?你看我的微博?!

而且,我觉得你应该感到幸运,难得有我愿意跟你"一拍即合"不是吗!

靠!

我可是把你的微博翻到了二〇一〇年呢!好脾气先生一脸奸邪坏笑。

的确,舞台上的好脾气先生光鲜亮丽,时常被鲜花掌声,还有一众粉丝拥簇环绕,可是生活中又无比接地气。他从小一个人来北京求学,从读音乐学院附中,到读大学、研究生,再走进国家大剧院交响乐团,一路奋斗的艰辛可想而知。

他的心思又十分细腻敏感,这兴许和学艺术有关,气儿不顺小姐任何细微的情绪都能被他轻松捕捉。更夸张的是,有一回,好脾气先生把自己的工资卡郑重其事地交给了气儿不顺小姐。他说,我看一本书上写,要想掳获金牛座的芳心,就要来点简单粗暴的。密码你生日,拿去刷!随便刷!有个成全你买买买买的男朋友是不是觉得自己捡到宝了?

气儿不顺小姐时常想,如果错过了他?还会遇到一个对自己这么好的人吗?

二〇一五年，好脾气先生要去欧洲巡演，气儿不顺小姐在机场送他的时候，他告诉她，母校有一个机会选派优秀毕业生到英国交流一年。

气儿不顺小姐问，你是怎么想的。

好脾气先生说，我想去，但更想我们一起去。

气儿不顺小姐想了想说，我不去，但我会支持你。

好脾气先生有点失望的样子，沉思了三秒说：等我回来我们结婚吧？！

气儿不顺小姐没想到这么快就收到结婚的请求，除了惊喜更多的是不知所措。

一个月后，按照原计划，好脾气先生的回程航班应该已经着陆了，可是手机屏幕上却显示：暂无信息。

那段时间，正值新闻里连篇累牍的报道马航事故消息，本来还睡眼惺忪的气儿不顺小姐一下子从床上弹起，拨通了国航的电话，客服小姐告诉她，他们目前也查不到这架航班的信息，有可能是因为天气延误，建议耐心等待。

又过了一个小时，依然没有信息，而发给好脾气先生的信息也一直没有回复，气儿不顺小姐越想越害怕，于是拨通了希斯罗机场电话，对方告知航班因为机械故障取消了。

气儿不顺小姐长长地嘘了一口气。

傍晚下班后,气儿不顺小姐疲倦地走出大厦,竟看到好脾气先生拖着超级大行李箱蜷缩着等在公司楼下,他只穿了一件冲锋衣,看样子是冻坏了。

气儿不顺小姐鼻子一酸就奔跑过去,先是一顿揍,然后握住他的双手说,给你这么多信息你也不回,你不知道我会担心吗?

好脾气先生嘿嘿一笑,拉起她的手说,跟我走。

他带她来到了国贸七十九层西餐厅,华灯初上的北京夜景尽收眼底。

没飞够吗?又上天吃饭。气儿不顺小姐揉了揉红红的眼睛说。

庆祝我平安归来。他神秘兮兮地说,你要不要上洗手间?

上什么洗手间,不要。气儿不顺小姐说。

你去一个吧。

不去。

哎呀,你就去一个吧。

我为什么要去?

你为什么这么多为什么?

气儿不顺小姐无奈起身走向了洗手间,她偷偷发了一条朋友圈:他出差归来,拉着我去了国贸七十九层,现在,他非让我去一趟洗手间,这是啥情况?

于是朋友圈里瞬间炸开了锅：

不会是求婚吧？

天啊！要围观。

你一会儿会在咖啡里喝出钻戒。

估计是冰激凌里。

……

真够老套的！气儿不顺小姐心想，为什么这个家伙但凡准备什么惊喜都有一种不出所料的感觉呢？

她回到座位上，边吃边发呆。果然，餐前面包里掉出了一只闪闪发光的戒指，样子就像孙悟空的紧箍。

没错，生活就是一个大舞台，我们每个人都是戏精。气儿不顺小姐很配合地发出惊喜的"哎呀"声。

好脾气先生冲服务员抛去一个邪魅小眼神，那服务员随即捧出一大捧红玫瑰花束。

你别跪哈。气儿不顺小姐先来了个下马威。

为什么？

反正我不答应。

你还要考验我啊？

你赶紧起来，拿走你的紧箍。

姑奶奶，这是 Tiffany 新款。

哦？那 Tiffany 留下。

好脾气先生终于还是跪了下来。他说，飞机临时取消，我知道你一定很担心，果不其然，你给我发了那么多信息，打了那么多电话，你一定着急得睡不着觉吃不好饭吧？在这延误的十多个小时里，我想了很多，我决定不留学了，我不愿和你分开，就像这本日记里记录的点滴，我的每一天都不能没有你……

没错，从在一起的第一天开始，好脾气先生无论多忙多累，无论出差到任何地方，他都会带着这本笔记本写上几笔，记下他们的故事。

气儿不顺小姐翻开日记，上边写着很多幼稚话语：

我想和你住在海边，生一群孩子，养一群狗。

今天是你第一次烤蛋糕，虽然烤得很丑，但是挺好吃的。

我生病了，你下班后跑了大半个北京城来照顾我，我想吻你，又怕传染给你。

……

好脾气先生说，今天是五月二十七日"我爱妻"的好日子，时间太仓促，我跑遍机场每一家珠宝店，终于看中了这枚戒指，我想你一定会喜欢……嫁给我吧!

　　气儿不顺小姐一边翻看日记,一边含泪点头。

　　不知何时,服务生已悄悄示意演奏员弹奏钢琴曲《爱之梦》,柔情的旋律,烛光也跟着轻姿曼舞。

　　后来不知从什么时候开始,气儿不顺小姐的微信名字改成了好脾气小姐,而他的微信名也改成了好脾气先生。

　　好脾气们发现,自从叫了好脾气,他们真的会变成好脾气。也许爱与被爱,并不是简单的一拍即合,而是会帮你打开一扇通往另一个世界的大门,你会感受更多,体验更多,收获更多。

　　一年后,好脾气小姐的婚礼在新乙十六宴会大厅举行,当她穿着缀满珍珠的曼妙纱裙和好脾气先生携手走进阳光花房的时候,我想到了《昭奚旧草》中的一句话:

　　　　做一场懵懂的关雎梦,诚诚恳恳爱着一个人,一不留神就这样过一生。

只为你炒饭

爱是茫茫人海中遇见对的那个人,这个人,可以无关性别。
她和她,八年后再见,是彼此眼睛里最好的模样。

我是八年前在陈数星的生日派对上认识何芃的,那时候她刚结束一段七年恋爱。

陈数星出道几年就已主持多档卫视节目,在主持界是一颗冉冉升起的新星,那天很多文娱圈、主持界的明星前来祝贺,我还记得师洋也在,他陪陈数星唱了好多歌,还骚气地跳了《舞娘》。

何芃从外面裹挟着一股寒风匆匆进来,边脱羽绒服边说,真对不住大家,机场过来一路上堵得厉害,一会儿我给在座的每位朋友敬酒。

大家都知道何芃在重庆有自己的乐队,于是起哄说,谁不知道你歌唱得好,要罚就先罚唱歌。

何芃握起麦找了个角落静静吟唱陈奕迅的《十年》。她一开嗓，艳惊四座。

曾经看过太多女歌手用男声演唱的经历，她们形象或柔美或刚硬，当浑厚男声从她们口中冒出来的瞬间你的确会被震撼，但其实内心更多的是难以名状的惊吓和反胃，在反复揣摩无数个为什么时你出戏了，美感、艺术价值也就荡然无存，但何芃不一样，她的嗓音是那种清清淡淡不露痕迹的穿透，你会随着她声线的婉转低回、飘远激扬不由自主便进入歌中情境，不了解的人大概以为是开了原唱。

何芃帅气中分短发，五官透着英气，她特别爱笑，笑起来眼睛就眯成了一条缝，露出深深酒窝。她的歌声缠缠绵绵，她的肢体、气韵、神貌浑然一体，她的眼睛里注满了水一样的柔情。派对再一次掀起高潮，许多女生为她尖叫呐喊，就像疯狂迷妹见了大神。

我跟何芃一见如故，即便后来她回了重庆，多年来我们始终保持联系。她对我说，她越来越清晰地认识到，和谢小萌分手以后的这些年，才是她们爱情的开始。她们同处一个城市，却再也不见，可是她们彼此激励，在岸的这头远远看彼此幸福，为彼此开出一枚芬芳花朵。

她们的分手已是既定事实，她们的温情脉脉不带任何目的。这或许已成为她们最默契最温柔的相处方式，八年了，即便不见，也从未在彼此生命的版图里缺失过。

依然记得分手前，谢小萌爸爸癌症住院，在生命最后的时光里，有一天他颤抖着固执地拽下呼吸机，嘴里一个字一个字费力央求谢小萌离开何苊，他说不然即便死了也不会安心。

谢小萌泪眼模糊地只管用力点头，她终于崩溃似的跑到医院天台拨通何苊电话，她说，何苊，对不起，我答应爸爸了，我们分手吧。

声音微弱，却近乎是用喊的架势才能从嘴里吐出每一个字。人一旦伤心过度，就会失语，就会对五官的一切功能短暂性失忆。喊出来，掷地有声，摔得越碎越好，强烈的震荡可以麻醉疼痛。

何苊耳边只"嗡"的一声，她的世界就变了天，下起了雨，还伴随时断时续的耳鸣，就像一列列在梦中纷至沓来的火车压过头顶，匆匆忙忙，轰隆轰隆，飞快地从远处过来，又飞快地向远处奔去。

不久谢小萌爸爸溘然去世，何苊和乐队的几个成员帮谢小萌料理完爸爸的后事，一行人从陵园慢慢往外走。谢小萌说，何苊，你愿意再为我唱一次歌吗。

何苊点头说，好。

陈子俊是乐队鼓手,他问,几个兄弟要不要一块儿?

何芃说不用了,就只她俩。

她们约在乐队排练室,对她俩来说,这里太熟悉不过了,过去无数个日子,谢小萌陪着乐队成员一起排练,见证他们一首又一首歌曲的诞生。

何芃说,想听什么,我都唱给你听。

谢小萌说,《知足》。

何芃拨动琴弦,熟悉的旋律便在排练室里悠悠飘荡,何芃和谢小萌都湿了眼眶。窗外细雨纷乱,凌厉冰凉。

她们谁都没再提分手话题,只静静享受这温情时光。谢小萌侧耳倾听,每一个音符从心头清晰划过,留下或深或浅的印痕。她看着何芃,任泪眼迷乱。

为了成全,为了成长,为了每一次破茧成蝶,我们站在人生的一个个车站、机场和渡口,每天都在上演相聚和离别的情感大戏。

生命中有太多的忍痛割爱,只是有时候我们爱得太专注,或者太快乐了,不知道每一场相聚也是离别的开始,我们目送心爱而熟悉的人在你世界的舞台谢幕、离场,走进茫茫人海,我们以为做好了足够多的准备,但那一刻来临,依然会觉得那么猝不及防,那么心碎。

她们同撑一把伞伫立在排练室外那条悠长小巷，何芘把伞递给谢小萌，抱了抱她后走进雨里，走进烟雨朦胧的小巷深处。

谢小萌在心里默念，何芘，别回头，你要变得更优秀，让我一个人后悔吧！

何芘没有回头。后来，她更新微博：

> 亲爱的谢小萌，我一定会好好努力，可是我的好好努力不是为了让你后悔，而是为了不辜负我们相爱的时光和受过的苦难。亲爱的谢小萌，希望我们永远充满希望，保持纯澈的童心，成为最好的我们……

谢小萌看了何芘的微博后更新：

> 世俗太沉重，我是个胆小的逃兵……我想，那天排练室分别一定不是永别，爱情会以另一种方式铺陈，而并非被撕去，只是被翻译成了一种更好的语言。今天看《查令十字街84号》这本书，特别喜欢，借用里面一段话：上帝派来的那几个译者，名叫机缘，名叫责任，名叫蕴藉，名叫沉默。还有一位，名叫怀恋。

淋了一路雨的何芘回家后就发烧了,耳鸣愈加严重,那段时间她喝了很久的中药,那汤药虽苦,喝进肚里果真起到安抚心神的疗效。她梳理起一件件属于她俩的过往。

那年夏天开学季,大学唯一一支男子足球队招募队员,何芘看到海报后就想加入,球队小伙子们一听消息立马炸开锅,一个丫头片子怎么可能加入男子足球队呢?传出去那得多大笑话!

谢小萌是啦啦队队长,她拉着闺蜜高俊丽在场外喊,不试试怎么知道行不行?

球队队长张帅说,那就试试。

他们不知道何芘爸爸年轻时候是运动员,何芘遗传了他的运动基因,在球场上她就像一头矫捷的无所畏惧的羚羊,奔跑起来速度远远甩出男生几条街,她可以越过好几个队友的拦截,他们左右前后火力全开,而她单枪匹马就将球厮杀到门框十米开外,眼花缭乱的脚上功夫轻松迷惑守门员的判断,一记远射成功将球带入,整个流程下来行云流水一气呵成,刚晃过神来的男队员们不得不叹服何芘的开挂技能。

何芘顺理成章加入男子足球队,并成为前锋,穿上球服的她,一度成为校园风云人物。

后来谢小萌发微博说：

　　今天整理衣柜，看到多年前的啦啦队服，那时候我们多么年轻，阳光下的绿茵场亮晶晶的，你魅力四射站在球场上似拥揽了整个夏天，你无所畏惧的青春目光深深吸引了我。回头想想，不管多不适合，不管世俗多么残忍，曾经年轻的我，还是会义无反顾爱上那样的"陈孝正"吧。往事历历在目，美好的大学时光，我们的青春，我们的记忆……

　　何芃耳鸣恢复后不久，与乐队成员去永川商演。路上经过黄瓜山，车子开到山脚下，刚好有一条小路可以上山。陈子俊提议要不要岔过去转上一圈，他曾在微博看到有人说黄瓜山上风景怡人却鲜有人知，不知道夜晚的黄瓜山会不会另有一番趣味？

　　车子开进盘山小路，山间飞蛾满野，它们成群结队向车灯扑来，又快速飞散开去，路两旁成片成片白花花的芦苇随山风起舞，一阵阵迷人馨香猝不及防地吹进车厢，吹进心底。

　　贝斯手大野狗突然把头探出窗外，嘴上喊，快看那片星空，又低又亮。

　　他们一行人随即停下，熄了车灯，那片星空变得越发璀璨明亮。这情景让何芃想起有一年她和谢小萌从丽江三义机场到古镇的途中，漫天闪烁的繁星低得叫人喜不自禁，她们拨开车窗吹着风牵手大笑，她俩身体也似轻盈起来，一度以为坠入了一条夜雾弥漫的大河，而那些星星就像水中的游鱼一样静静浮游，你只要伸出手去就可以捞起一大把，星星们就在你掌心顽皮地颠来复去。

温暖的记忆甜蜜而清晰。那会儿正是多雨时节，昏黄的灯光打在湿漉漉的小巷青石板路上，何芘拉着行李箱跟在谢小萌身后，那行李箱在凹凸不平的石板路上擦出叮叮当当的声响，那些声音空旷、凄清、时远时近，分手后无数难眠的夜里，一次次在何芘的脑海回响。

她们到宾馆后，一起整理、洗漱、听张国荣《最冷的一天》。何芘记得第一次听这首歌是陈奕迅的版本，而那晚哥哥的浅吟清唱，却那么温软哀伤。

……

何芘和队友们席地而坐，闭目享受夏夜清凉，晚风吹拂，星光灿烂，耳边蛙声、蛋鸣一片。

漆黑的天空填满了整个视野，那黑里面透出一片深邃无垠的墨蓝，向着神秘的远方伸展。

何芘突然心生重走丽江的念头，她在微博写道：

那一年我们望着星空，有那么多做不完的灿烂的梦。今天又见星空，依然如昨日闪烁，从前的从前从未变过。

不久何芃只身回到丽江，她住进同一家客栈的同一个房间，亮起同一盏灯，推开同一扇窗，心里越甜蜜也就越伤感。丽江湿漉漉的夜风吹进阁楼小屋，吹乱思绪。

何芃走进四方街，酒吧街，又去了狮子山，大水车，只因脚步所到处都有谢小萌的气息，她的笑脸，她的歌声，她的奔跑，她温暖柔情的目光，她捺了口红的嘴角，她身上淡淡的迷迭香味道……

何芃沉醉在错综复杂的迷途中。

她记得她俩曾在一家叫"最爱"的酸奶店留言本里写过诗句，不知道今天还能找到那些脑海中依然闪闪发光的句子吗？

她试图再找回去，她记得那家店在崇仁巷，可是听人说那家店早已搬走，她一路问过去，找了一个下午。暮色时分，终于在东大街找到了，她激动地走了进去。

那年轻老板说，真抱歉，今天的酸奶已售罄。

何芃笑笑说，没事，我就在留言簿里写一句话吧。

她写道：

永远最特别的你,永远给你最特别的爱。

何苊写完想了想,在后面又附上一句:

如果有人看到这段话,可以拍照发给"波妞的挚爱"这个微博吗?作为感谢,我已为你支付了一杯酸奶,请跟老板领取。谢谢你,朋友,祝你幸福浪漫一生。

——何苊

丽江回来的路上,何苊更新微博:

回忆藏在老歌里。再见丽江!

谢小萌看后随即更新:

曾经说过的话,一起看过的风景,都是永永远远的礼物,无法收回,永不磨灭……

二〇一二年春节前夕,谢小萌跟相亲认识的杨东鹏匆匆结婚。

婚礼上,高俊丽是伴娘,她问谢小萌,你邀请何芃了吗?

谢小萌摇头说,没有。

高俊丽说,我看她发的微博了。

谢小萌打开何芃微博,第一条写道:

  曾经收过很多花,也送出很多花,除了最常见那几种,其他品类都有什么样的花语,自己却并不是很留心,甚至有些花还叫不出名字。

  今天楼下花店老板在为我插花的时候,我就挨着把花名花语全问了一遍。店老板很耐心,他说,康乃馨为什么代表最伟大的母爱?是因为传说圣母玛利亚见耶稣受到苦难流下伤心的泪水,眼泪掉下来的地方就生长出了康乃馨,于是康乃馨就成了母爱的象征。而那马蹄莲是埃塞俄比亚的国花,是永恒、高洁的象征,新娘子的手捧花就是用它做的。新娘扔出手捧花,祝福接到花的幸运儿拥有永恒、忠贞的爱情。

  你结婚的时候,我会在场吗?我要怎样接住你抛出的手捧花?

高俊丽说,何芃明明想来,你呢,我明明看到酒店迎宾那儿,你放满了何芃最喜欢的机器猫和小丸子公仔,我真不知道你怎么想的。

谢小萌没再说什么,她后来更新微博:

我们都要把自己照顾好,好到遗憾无法打扰,好好生活,好好变老,好好假装我已把你忘掉。

何芘更新微博:

要相信,爱你是我做过最好的事情。未来,我们都要努力变得更好,未来,我就要去做你想我成为的那个人了。

何芘给我和陈数星打电话,她说,她要来北京发展,她要为她的歌唱事业放手一搏。

临行前夕,何芘和迷失乐队所有成员聚集在排练室,当何芘把这个决定告诉大家的时候,排练室气氛瞬间悲伤起来。

陈子俊说,其实,我也要出国了,我一直不敢把这件事告诉大家,是怕你们难过,没想到,何芘你也要走。

吉他手宫帅用力拨动琴弦,排练室突然响起一阵山洪呼啸般的轰鸣,他一脸失落,泪光闪闪地说,你们有没有想过,迷失乐队终于还是走到了尽头。

大野狗拍了拍宫帅肩膀说，其实想想，离开，是为了蜕变成最好的我们，有一天再回到这个地方，更好地开始。

陈子俊说，对，迷失乐队不会散伙。

何芃说，为了未来的一亿观众，要雄起！

他们把过去五年创作的所有歌曲重新演绎了一遍，《嘲笑》《遗忘的星光》《没有食欲的早餐》《一条寂寞的鱼》……每一个音符，每一段旋律，都铭刻一路走来的青春印记，乐队每个成员都忘我地沉醉在分别前的最后时光。

宫帅买来啤酒，几个人很快酒意微醺，又哭又笑又唱起他们的《再见吧，我们》：

再见吧，我们，

再见，是熟悉的容颜，

再见吧，我们，

再见，是最坚强的笑脸。

……

陈子俊临行前，朋友们去机场送别，高俊丽递给陈子俊一只红色锦囊。

陈子俊接过去说，丫头，里头装的什么？

高俊丽说，家乡的泥土。

陈子俊抱了抱高俊丽说，还是你想得周到，谢谢你丫头。

陈子俊走进安检口，淹没在人群，高俊丽依然无法收回眷恋的目光。

何芃问高俊丽，你为什么不告诉他，你喜欢他？

高俊丽红了脸，想了想说，觉得自己配不上他，他也未必会喜欢我，就这样远远看着他幸福就好。

二〇一三年年初，何芃带着一把吉他和一只行李箱来到北京，正式开启歌手的北漂生涯。那几年里，何芃在后海、三里屯当过酒吧驻唱，也当过主播，而陈数星也动用了一切资源介绍给何芃。

即便后来何芃签约了经纪公司，也出了单曲，但一直没有火起来，至多只能客串类似《开门大吉》节目的模仿嘉宾以及一些小城市的走穴商演。

何芃不止一次和经纪人 Vivian 沟通，她不想自己定位在一个模仿型歌手，她只想简简单单唱自己的原创歌曲。

Vivian 甩了甩她的钢丝卷爆炸头，燃起一支烟说，我也想你走得更远，哪个经纪人不想手上艺人走红的？何芃你是不差，但任何事情都讲究天时地利，感情如是，你和谢小萌那点事情我早就知道，不也分了吗？当艺人，那更讲究天时地利了。

何芃越听越来气,她起身说,两码事,别瞎扯到一块儿。

Vivian 用她猩红的嘴唇吸了口烟,垂下眼皮瞟了眼何芃,叹气说,现在华语歌坛综艺层出不穷,中国不缺会唱歌的人,前有李宇春,她当年正赶上好时候,火了,而现在呢,窦靖童势头又这么猛,唱歌、时尚代言一个不落下!可是你呢何芃,除了玩点并不太纯熟的摇滚,弄点小众爵士,还有什么?

何芃敛起脾气,疲惫地说,早知道这样,一开始为什么要签我?

Vivian 摇摇头又抽了口烟,没再接话。

那晚何芃把陈数星喊去酒吧喝酒,不远处小舞台上有个叫"蓝海豚"的组合在呢喃一首关于春天哈尔滨的民谣,主唱是个戴鸭舌帽的瘦高小鲜肉,他慢慢悠悠随节奏摇晃身体,蓝粉交融的光束让他看起来遥远而梦幻。他那么享受这舞台,享受他亲手为自己编织的梦境里。

那段时间陈数星的情绪十分低迷,几档合作节目先后与她解约。陈数星说,何芃,你还记得中学时候你对我说的话吗?

何芃点头。

你说陈数星,以后你一定会大红大紫。我心里可一直记得你对我说的这句话。

陈数星喝了口酒接着说,今天你还会对我说这句话吗?

何芇说，当然，我从来没有怀疑过。

陈数星捧起酒杯跟何芇碰了碰，又动情地搂住她说，北京啊北京，北京真是个梦幻又现实的城市。你可以在这里尽情做梦，只要你不愿醒来，你就可以把这个梦一直一直做下去，可是它又那么现实，那么冰冷，它会坦白地告诉你你是谁你该干吗，会在每天早上睁眼那一下子，冷冰冰地提醒你思考去留这个亘古不变的命题。

北京对很多人来说，都只是路过。

何芇说，她最近也开始怀念乐队了，那时候大家无忧无虑唱歌，创作自己喜欢的歌曲，不管有没有人听，大家内心平静却快乐。

陈数星抓起酒杯一饮而尽，眼角坠落两颗晶莹的泪珠。

第二天酒醒后，何芇更新微博：

> 人生充满无奈。我们时时刻刻都在妥协。感情也好，梦想也是……

谢小萌随即更新：

> 我不知道世间有什么是确定不变的，我只知道，只要一看

到星空，我就开始做梦。愿你永远开心，永远做自己。

不久，陈数星整顿好行装，将自己打扮干净，离开北京。

她没有伤心，虽然有许多不舍，但多少人，是因为梦想才将北京和自己联系在一起，今天的离开，是为了有一天更好地回来。

陈数星去了马来西亚小岛考察，几个月后顶着一张被晒得黑红的脸蛋，回重庆和闺蜜创办明星私房燕窝品牌，每天辗转于商业谈判。

陈数星临行前对何芃说，她一定会再回北京，那时候她拿起话筒的样子一定会最美。

二〇一五年底，大野狗告诉何芃，陈子俊回国了，他可能得了肌萎缩，据说确诊这种病周期特别漫长，现在高俊丽辞职每天陪在他身边。陈子俊倒很乐观，他说自己回来的使命就是召唤朋友们回归迷失乐队。

后来，何芃更新微博：

曾经和你说过，如果有一天出名了，我要和五月天一起开演唱会，可是现在我终于知道不能成为你以为的那个人，真的很抱歉。

谢小萌更新微博：

　　耀眼的你，曾经在我身边照亮我的世界，现在即便远远的，我仍能感受到这束光芒，从每一首唱过的歌，每一句说过的话，每一副你曾经的笑颜。我真想有时光机啊，哭哭笑笑，从未分开。未来前行的路，我一定远远陪伴你，愿你不再迷惘，愿你能明了想去的地方……

　　不久，何芷与经纪公司解约回到重庆，迷失乐队重新找了一个废弃的大仓库作为排练场地。

　　何芷在微博上上传了新的排练场，还有迷失乐队的排练花絮，她说真酷啊，就像天堂一样。

　　谢小萌更新微博说，加油，SUPER STAR！

　　他们每个人都重新找回了自己的角色。看了一圈世界，再回到原点，每个人血液里都注满似火能量，再也不用讨好谁，再也不会分开，现在的他们，就是最好的模样。

　　陈子俊说，也许有一天他即将死去，但音乐不会死，只要他的手还能拿起鼓槌，敲得响最后一个节拍，他就要用最后的时光尽情享受音乐。

高俊丽始终陪伴在陈子俊身旁，陪他辗转北京、上海、广州各地医院，陪他在大仓库排练，看着他吃各种名目的药丸，目光中藏不住知足和幸福。

何芘妈妈有意撮合泽哥跟何芘在一起。泽哥在电视台工作，何芘妈妈觉得都是搞文艺的，兴许和女儿就能搞一块去，心里这样计算着，于是有一天果真就把泽哥带到仓库排练室。

那泽哥也十分有趣，他说早就听过迷失乐队的大名，他随口哼起乐队早些年的歌曲《嘲笑》《一条寂寞的鱼》，他说他可算得上是迷失乐队的原生粉丝了。他已四十出头，这些话从他嘴里冒出来，总归有些好笑的感觉。

后来泽哥每天都去看何芘排练，他说他听得懂何芘要表达什么，他对何芘的声音毫无抵抗力。

排练结束后，成员们一一散去，空荡荡的仓库里就只剩下何芘跟泽哥俩人。

泽哥一本正经说，我是说真的。

何芘说，我也是说真的，我有喜欢的人了。

泽哥说，没关系，这不影响我喜欢你吧？

何芘看了看泽哥，不知该说什么。

后来很长一段时间，谢小萌都没再更新微博，何芘就问高俊丽，最近谢小萌还好吗？

高俊丽说，杨东鹏和谢小萌在闹离婚。

何芘问，为什么？

高俊丽说，杨东鹏嫌谢小萌这么多年怀不上孩子，他父母的闲话也慢慢多了起来，谢小萌自尊心强你也知道，她就对杨东鹏说离婚吧。

何芘说，杨东鹏答应了？

高俊丽说，答应了。其实杨东鹏人不错，他早知道谢小萌和你的事情，他答应离婚其实也是成全了谢小萌。

高俊丽又说，都在一个城市，这么多年过去了，你们为什么就不能见上一面？这些年，我一直在你俩身边，回想起来，你俩变化都挺大的。

何芘没再说什么，她更新微博，引用了一段席慕蓉的诗句：

请务必保持一颗宽谅包容的心，这样，当多年以后，如果我们还能再相遇，我才能很容易地从人群中把你辨认出来。

谢小萌更新微博：

谢谢每一个来过我世界的人，你，杨东鹏，或许不是每一个人在内心都会有"好久不见"的怦然心动，但因为你们，我才是现在的我。

二〇一六年夏天，谢小萌和杨东鹏从民政局大厅走出来，二人相对无言，杨东鹏正准备走，听见谢小萌在身后喊，杨东鹏。

谢小萌走上来抱了抱杨东鹏说，谢谢你，杨东鹏。

杨东鹏也抱了抱她，笑笑说，说谢做什么呢。

谢小萌说，你要幸福，杨东鹏。

杨东鹏说，你也要幸福，谢小萌。

杨东鹏转身离去，扭头瞬间，泪光闪烁。

谢小萌抬头仰望天空，深深吐出一口气，两行热泪从眼眶溢了出来。

她现在的心情如释重负，她很想发条微博昭告天下，她谢小萌今天又重获新生。

她走到从前跟何芃经常去的一家名叫"只为你炒饭"的小馆子。这家小馆子说起来与别家不太一样，倒不是说他家炒饭样式多，什么蛋炒饭、菜心炒饭、腊肉炒饭、扬州炒饭、水果炒饭……还有招牌"只为你炒饭"，而是那米饭粒粒分明，又糯又香嚼劲十足。

抛开这些，这家十平米不到的小店，店主是个特别帅气的年轻小伙,他每天都穿着笔挺西服,衬衣领子上永远扎着小丝巾,腰上的围裙洁白如新,不管何时他都把小店打理得干净透亮,小店不管每天接待多少客人,就只那一锅电饭煲的量,炒完即收工。

谢小萌走进去,和那店老板默契对笑。

店老板说,好久没见你俩来了,今天就你自己?

谢小萌说,嗯,就自己。

店老板说,还是只为你炒饭?

谢小萌说,嗯,只为你炒饭。

那"只为你炒饭"是在晶莹饱满的米粒中加入鲜嫩的绿茶叶和野生栀子花瓣大火翻炒而成,据说这道炒饭对油温特别讲究,过低不能爆出茶叶的清香,过高又会破坏了栀子花瓣的优柔,三五分钟拿捏得当的火候,清清淡淡色香诱人,口感亦是咸中微微带些妙不可言的甜涩,尝之会有迷途遭遇豁然开朗或被某件美好事物击中的欢欣。

店老板把盘子端上来放在谢小萌桌前,熟悉而温暖的清香慢慢飘散开来,谢小萌扒一勺入口,来不及咀嚼,眼泪夺眶而出。

谢小萌更新微博:

今天恍恍惚惚又走到"只为你炒饭"。好多年没来了。记得第一次来的时候，我发高烧走不动道，于是难受地蹲在路边，你匆忙找了家餐馆打包了一盒饭，从此便与"只为你炒饭"结了缘。你我分开后，我再没有发现什么有意思的人和事了，或许因为我没有你那于平凡中发现美好和人性温暖的洞察力。

何芘也去了那家小馆子，看到那店老板比先前沧桑了一些，但生活一如过往平和。

这天店里并不忙碌，店老板就在何芘对面坐下，他似乎看出了何芘的心事，递给何芘一支烟，何芘摇摇头说，早就戒了。

店老板自己并不抽，他重新把烟放进盒子里，四下环顾自己的小店，说，其实，我也在等一个人回来。

他说，这家店是九年前和女朋友一起开的，他俩是武汉人，家里不同意他们在一起，于是俩人合计好来到重庆，那时候眼睛里什么都是美好的，即便吃不好睡不好，只要两个人在一起就觉得每天都很幸福。刚开始他们并没有钱，他们就在大学门口摆地摊，一年后有了些积蓄就开了这家店，他和她一起研究菜品，一起想店名。她说，一辈子简简单单只对一个人做一件看似简单却需要用心才能做好的事情，这种感觉多好，所以就叫"只为你炒饭"吧。

开业后小店生意还不错，那时候他穿着极不讲究，店也很脏，她每天需要花很多时间做清理，每一副碗筷，每一张桌椅，每一个边边角角。他知道她把"只为你炒饭"当成家。那时候他抽烟、酗酒、赤脚、光着膀子在店里来回走动，她说了很多次也没有改的意思，有一天为此大吵一架后她彻底消失了。

很多人说他穿成这样很帅气，也有不少人说看了浑身不自在，一切都是别人的评说。他只简简单单炒好他的饭，变成最好的自己，在这里静静等她回来，即便等啊等啊，有一天变成一个白发老头，要是她仍未出现，他依然要在远方为她认认真真做一盘"只为你炒饭"。

何芷后来更新微博：

我们自小巷分别后再没相见，但身边的人和事其实都未曾改变。相遇是奇迹，分离是未完待续，原来店老板变成更好的样子是为了在原地等待她。或许，我们每个人都在等待那个他的出现，为他捧上一盘热气腾腾的"只为你炒饭"。

如果我们不曾相遇，我们会是在哪里？谢小萌说，她的人生一定会缺少最瑰丽的部分。

二〇一三年五月天的"诺亚方舟"重庆演唱会,她因病遗憾错过,后来听朋友说,那一晚,所有人都在五月天"诺亚方舟"的甲板上摸到了星星。这些星星,是由全场三万名歌迷用蓝色荧光棒缔造的美丽星空,她想如果她们都在,那么那天晚上的星空不仅属于五月天,还属于她跟何苁。

二〇一六年九月十日五月天 Just Rock It 演唱会在成都体育中心精彩开唱,这是一场阔别已久的再见,这一次谢小萌没有错过。

她挥舞荧光棒,眼中泪光闪烁,当五月天演唱《终结孤单》时,她拨通了高俊丽的手机,她希望高俊丽能在她的陪伴下,终结孤单。可惜高俊丽没有接到。

《知足》的旋律想起,谢小萌翻出何苁号码,纠结要不要拨通,多年没通话,没见面,会唐突吗?

不打扰是温柔,打给她会难受,谢小萌终究没有勇气。

手机突然震动,显示,何苁。

谢小萌听到电话那头是同步的《知足》,过了很久那头终于说,你,听到吗?

谢小萌又哭又笑说,听到,你呢,你听到吗?

何苁点头说,嗯,听到……

她们握着手机不再说话。她们面前是数万五迷熠熠闪烁的蓝色荧光，那是星星的海洋，耳边响彻的依然是那支熟悉歌曲，从未改变——"那年你和我，那个山丘，那样的唱着，那一年的歌……"

何芃是跟泽哥一道来的，泽哥说，跟谁通话呢？

何芃说，和你说过的那个人，她也在。

泽哥说，那太好了，演唱会结束正好认识认识。

何芃说，不用了。

开车回重庆的路上，何芃问泽哥，喜欢五月天吗？

泽哥说，喜欢，我觉得你们乐队的风格有五月天的影子。

何芃笑笑说，谢谢你泽哥，今天能陪我。

泽哥专注地看着高速路的前方说，谢的该是我，和你在一起我很"知足"。

何芃说，泽哥，你是个值得信任的朋友，所以我愿意和你分享，其实，我爱的那个人，是个女孩。

泽哥凝住笑，想了想又露出笑影说，我明白了。

何芃发了一条微博：

和你的世界，真的很近。

谢小萌更新微博：

我想念你，想念你给我唱歌的样子，想念你把我抱在怀里说别怕的样子。我想念你。

何芃随即又发了一条长微博：

昨晚做了一个很长很长的梦，梦里是我和你的婚礼，你穿着洁白的婚纱远远地看着我，我向你奔跑过去，越走近你却离得越远……你只远远地笑着，那么甜美，就像学生时代在操场上第一次见你一样。在梦里，我亲吻了你，你告诉我，再也不会离开我……醒来的时候，枕巾已湿透半边。

不久，母校现任足球社社长联系到张帅，说市里要举行高校足球联赛，一直听说张帅那一届有好多神级球员，请求务必回校支援。

张帅说，多年不练筋骨都硬了，但母校有需要，那必定义不容辞。

于是张帅立刻联系当年那些驰骋球场的大神们，头一个就给何芃打电话，他要何芃务必到场，他在电话那头自顾兴奋，他说，兴许还能一睹当年啦啦队的风采。

高俊丽把这事告诉谢小萌，她一听立马翻脸，她说，这身材再穿上那短裙，不笑死人才怪。

高俊丽说，都是借口，明知还爱着，为什么苦苦思念不见面呢？这或许是命中注定，让你们穿越时光，在绿茵球场重新再遇见吧。

谢小萌说，记忆里的人是不能去见的，见了，回忆就没了。

小萌，咱俩做朋友多少年了？

从初中开始，算来已经十八年。

高俊丽说，你只说在你的陪伴下，要终结我的孤单，可是谢小萌，我陪伴了你十八年，我也要终结你的孤单啊。

高俊丽又说，幸福不会无缘无故来到身边，总归要靠自己去争取。

陈子俊住院后，有一天她去探望，当她拉开窗帘，看到窗外开满粉紫色的玉兰花，它们那么绚烂，幽香阵阵，可生命终归有花开花落的遗憾，只有把握住这一刻的拥有，记住它怒放时的绚丽，才不会抱憾。

过去她总说远远看着陈子俊幸福就好，伫立窗前的她开始明白，一切只是借口，喜欢一个人这件事需要勇敢，所以后来毅然辞去公职一直陪在陈子俊身边。

谢小萌妈妈走进来，挨着谢小萌在床边坐下。她说，小萌，记得你爸走的时候一脸平和,这都要谢谢你。你付出太多,这些年辛苦你了,妈都看在眼里。过去我和你爸想法一样,觉得生出这样的女儿是件脸上无光的事情。

她说,现在她越来越觉得人生苦短,能真诚面对自己的内心是件不容易的事情,她希望谢小萌能做最快乐的自己。

比赛那天,何芄在绿茵场又穿上了球服,她终于再见那些久违的队友,还有,谢小萌。她俩都想象不到十年后,会以这样一种方式重逢吧?

即便大家的容颜难抵岁月无情的伤痕,即便有的人已发福,但恍惚间依然见到了自己年轻的模样。

那一年,阳光灿烂,时光也缓慢,他们目光纯澈,一脸青春的意气风发,他们不知道多年后,能在同一片球场,遇见更好的自己。

这一刻,时间的河流似交错回流,青春的你向未来的你眺望,现在的你又看见了那个懵懂、戾气、敏感、骄傲的你,虚虚幻幻,心驰神往……

球赛最后打成了平局,奋力厮杀变成一场回归青春的友谊赛,这或许是最好不过的答案。

泽哥说他已为何芄包下朋友的酒吧。他说,晚上都是你的朋友,你可以高歌,你可以对她说点什么,今晚,是你和她的主场。

  那晚,元素酒吧人气爆棚,老板说,开业两年来从未这样热闹。

  高俊丽帮何芃录了当晚的视频,后来何芃分享给了我。我看到何芃站在酒吧舞台上,神情微微紧张,她深吸一口气说,因为音乐而和舞台为伴,对舞台再熟悉不过,就像一个老朋友,可是说实话,我今天是紧张的……其实我们每个人都有一片属于自己的球场,爱情、事业还是梦想,我们曾经出于各种原因无奈逃避,放弃,出走,不敢传出脚下那颗球,但我们都相信,我们每个人终究会再回到这片属于我们的战场,无论在现实,还是在梦中,站在这里,我们会看见最好的我们!接下来我把这首《再见吧,我们》送给我爱的你,和你们。

  ……
  那时,我们春风满面,
  甚至,忘记了散场时间,
  你突然说,要出去走走了,
  兴许,能偶遇更精彩的瞬间。

  曾经,我们满目柔情,

就像，谈过最好的爱情，
你笑着说，要出去闯闯了，
不知，寂寞时是否会记得想念。

再见吧，我们，
再见，是熟悉的容颜，
再见吧，我们，
再见，是最坚强的笑脸。
……

二〇一六年元旦，高俊丽和陈子俊举行了婚礼。陈子俊最终放弃漫长的确诊流程，用生命中最后的时光继续享受音乐，享受和高俊丽在一起的平淡而幸福日子。

二〇一八年农历春节过后，陈数星带着一百十五万存款再次回到北京，重启她的主持生涯。她的皮肤终于变回原来白皙的样子，还隆了鼻，她决定未来要多栖发展，并成功接下某院线电影女二号。

二〇一九年五一，何芃跟谢小萌在朋友们的见证下在教堂举行了婚礼，不久她们去了普吉岛，度过她们一生难忘的蜜月时光。

夕阳下,她们牵手漫步海滩。谢小萌说,二〇一五年有个陌生人在微博给她发了一张照片,照片里是一张卡片,上面写着:

永远最特别的你,永远给你最特别的爱。

爱情啊，你怕它做什么

　　我们总是忧心忡忡，就怕爱情一不小心就失去，所以在它每一次来临的时候才会爱得够彻底。

——题记

　　算起来，橙子消失快两年了。

　　两年前她跟着王旭去了老家苏州，去的时候非常决绝，她放弃了北京优越的物质条件，甚至更换手机号，重新注册微信，像个开荒的战士，义无反顾、信誓旦旦地要开启新生活。

　　作为死党，我和宋小丽都劝她慎重，我们都觉得她一个清华美院毕业的高才生，放弃眼前已经打开局面的大好前程，去一个人生地不熟的城市实在太草率。

　　她眯缝着眼睛呵呵笑着回应，在她的眼睛里除了爱情好像再也藏不下别的杂质。

我们一直觉得她中毒太深，直到很久以后，我和宋小丽才能理解：她如此执拗，不过是感情的世界曾一直太贫瘠。

我还记得橙子去苏州前我们最后一次见面是在后海溜冰，她从远处风一样滑过来，脚底下冰碴子四处飞溅，她停在我跟前，揉着冻红了的鼻子满面春风地看着我笑，冬日暮色把她青春的脸蛋照得红彤彤的。

橙子拍了拍我的肩膀后又滑向远处，回过头冲我喊，放心吧，我一定会幸福。

那是二〇一五年冬天一个熟悉的傍晚，落日从滨海胡同口那几株光秃秃的杨树梢上渐渐沉下去，橙子的笑声裹挟着冰面上吹来的风，冰冷却清晰。

橙子和王旭是在玩狼人杀的时候认识的，局是宋小丽攒的，那天适逢中秋，我们在宋小丽的公寓聚餐。

春雷和宋小丽是中学同学，老家是云南。春雷很会做饭，这两年云南菜系在京城十分走俏，所以他给我们做了很多云南风味的菜肴尝鲜，其中有一道叫松茸鸡汤，据说那松茸是春雷爸爸托人从云南深山一早采摘空运过来的。

我们就在旁边打下手。橙子边剥蒜边说，真羡慕小丽有家乡同学在北京，一点儿不会孤单。

这方面我也感同身受，我身边也不认识什么浙江老乡，更别说同学了，也是孤身一人，所以这点我和橙子很像，但凡有点啥事都得自己扛着。

春雷从客厅探过头来说，橙子，别那么丧，咱大学四年说起来早就是一家人了。

春雷话音未落，宋小丽的金毛像听懂人话似的冲他汪汪汪尖叫。说起来这只叫Lucky的金毛那会儿才一个多月，长得像个毛球般，总爱在我们脚跟前滚来滚去。

宋小丽回头嫌弃地看了眼春雷说，你看你看，连Lucky都听不下去了，谁跟你是一家人。

这么多年，我们都知道春雷喜欢宋小丽，宋小丽却不接春雷的茬，可春雷呢又抱着非她不要的想法，一根筋，默默为宋小丽守身如玉。

春雷蹲下身，绷直了手掌假装要揍Lucky，却惹得Lucky更生气。

王旭是春雷拉过来的朋友，先前没见过。他总是时不时凑过来，拉住春雷嘀嘀咕咕说些什么。

橙子就问宋小丽，他俩说啥呢。

宋小丽瞟了一眼，不屑地说，我怎么知道。

那晚我们大闸蟹吃得舒畅，狼人杀也玩得过瘾，大伙散的时候已是凌晨两点。

宋小丽后来告诉我,王旭从春雷那儿要走了橙子的微信号。宋小丽一脸不屑,她说连微信号都不敢当面要的男人,在她那儿直接Pass。

宋小丽说,我知道橙子是个花痴,她喜欢帅哥,那王旭勉强算有几分姿色,可是帅能当饭吃?他们都说帅哥相比丑男更保险,帅哥更有担当,因为他们见多了风花雪月。那都是扯,要知道没有量的积累,他会永远吃着碗里看着锅里。这个量永远是未知的无底洞。

我说,那春雷呢,他颜值保管安全,而且又那么积极乐观,这么多年了可就只守着你啊,在你这儿就是一条效忠犬,就差为你去死了。

宋小丽笑,春雷要听到了不弄死你才怪!不过,我爱听。

我说,都是真话,春雷就是这么想的。

宋小丽手机响了,看到春雷给她发了一条熊本熊的视频。春雷知道她喜欢熊本熊,于是死乞白赖央求商场工作人员把熊本熊人偶道具借给他,视频里他扭动屁股,配上音乐,做了许多搞笑动作,视频最后他摘掉大脑袋给宋小丽做了一个比心手势。那时候正是北京的桑拿天,他脸上汗津津的,笑容灿烂得就像六一节的游乐场。

我说，多浪漫啊，你不感动我都感动了。

宋小丽抢走手机，点起一支烟，盯着我轻描淡写地说，我俩不合适。

没过多久，有一天橙子发了一条朋友圈：遇见你，不早不晚，刚刚好。

底下配了一张沙滩上两对脚丫子的照片，远处，海天一色。

那一刻我知道橙子的感情世界开始萌芽了。张爱玲那句"于千万人之中遇见你所遇见的人，于千万年之中，时间无涯的荒野里，没有早一步，也没有晚一步，刚巧赶上了"的机缘巧合莫过于此。

春雷在底下留言：擦，撒一地狗粮节操何在！你俩真浪！

宋小丽留言：见光死。

我留言：你和他，再也不怕走丢。

宋小丽@我：文艺婊够了！

其实我不止一次听橙子说，北京太大，城市里什么都有，就是没有尽头。她害怕走着走着就丢了。

曾经因为少不谙事，橙子以为离开兰州老家到了大北京就能冲破束缚，收获一片天地，但每个城市都有每个城市的不易。北京自有它的繁华，高楼林立，车来车往，从喧闹中一路穿行，从万家灯火下匆忙走过，你心里必定会凭空生出些许寂寥。

北京的冬天很冷，又很浪漫。橙子见过下班走在回家路上牵手打闹的情侣，见过傍晚牵狗在小区门口等丈夫的美丽女士，见过为给女朋友生日惊喜而到处找气球的小伙子，见过在超市买菜相互搀扶的老人……他们谁都不怕走丢。

我说，在一个城市找到安全感的捷径就是收获一份爱情，可惜这么多年了你始终不能打开心结。

橙子老家在兰州，小时候她妈妈因精神病经常莫名其妙地打骂她，有时候可能仅仅因为橙子穿了件好看的新衣服，或者因为在饭桌上多挟了一次菜多盛了一次饭，又或许是回答她的问题慢了一点，轻则各种辱骂，重则拳脚相加，有一回橙子被她揪掉了一撮头发，而她爸爸则在旁边冷冷地嘬着酒，听着收音机里的秦腔顾自闭目哼唱。

他们感情并不好，橙子在这个家里感受不到一丝温度。两个冷漠的人即便捆绑一处，也注定是场躲不开的悲剧。

橙子从那以后就下定决心离开这个冷漠的城市。走得越远越好，干干净净，没有一丝牵挂。

高考后一个雷雨交加的夜晚，橙子的妈妈失踪了，从此一去不知所向。

不久，橙子也消失了。

她拎上一只箱子,买上一张慢车票,头也不回地消失了。

火车咣当咣当在夜色里奔跑,思绪也似潮水翻涌。她要用最久的时间,用最长的距离,来和那个城市划清界限。

橙子再没跟家里拿过一分钱,她养成了独来独往的习惯,除了在画室画画,就是去雕塑馆、图书馆,要不就是去兼职,直到后来和我们成为死党。

有阵子橙子私单较多,又临近毕业设计,她就天天熬夜。有时在电脑前一坐就是一整天,她本来腰椎就不好,长期埋案工作又导致了严重的腰肌劳损。橙子一开始只是强忍,后来疼得再也直不起腰,疼得眼冒金星冷汗一阵又一阵才决定去医院。

医生诊断她是纤维环阻塞,已压迫神经,单纯靠物理疏通毫无作用,须立刻手术治疗。

橙子怕麻烦任何人,就没有告诉我们住院了的事情,一个人跑去签了手术协议。

麻药散尽,撕心裂肺的疼痛便从腰间弥散至全身,就像春天冰雪消融的江面上,那些积聚了一整个冬天力气的巡游的鱼,千条万条朝着一个方向争先恐后地涌去……

出院那天,宋小丽捧了一大捧百合怒气匆匆赶来,进门就把花摔在橙子怀里,橙子没站住脚后退两步差点倒在春雷怀里。

宋小丽一屁股坐在沙发上大口喘气。白晃晃的日光透过窗户打在她上下起伏的胸口上,春雷看得一愣一愣的。

橙子走到宋小丽跟前,想说百合真好看,却怎么也开不了口。

宋小丽质问她,橙子,你他妈拿我们当朋友了吗?

宋小丽肩膀颤动起来,精致的五官也皱皱巴巴地扭曲在了一起。这么多年来,我从没见一脸高冷的宋小丽哭过,哭得还那么委屈、那么丑。

春雷递给宋小丽一张纸巾说,橙子你真不该这么见外。

橙子推了推宋小丽,宋小丽生气地别过头去。橙子说,我是不想麻烦大家,这也不是什么大手术,没几天就出院了,你们看,我这不是好好的吗?

宋小丽转过头,脸上的妆早就哭花了,眼泪混着眼影眼线在脸上划出两道弯弯曲曲的黑线,亮晶晶的。

宋小丽说,我真的很伤心。

宋小丽又说,还疼吗?

……

有人说,不相信爱情的时候就看看韩剧,橙子却不信。她父母的感情并不好,生活中潜移默化的不美好往往在我们心头根深蒂固，哪是几部韩剧就能洗脑的，所以橙子看过的韩剧零星可数。

不过自从遇到系主任田教授后，橙子觉得她的故事比韩剧来得更有温度，以至直接影响了自己的婚恋观。

在橙子眼里，田教授不仅学术上蜚声国际，和丈夫的爱情也令人艳羡不已。她对生活的感知是极度细腻敏感的，秋天看到落叶缤纷就开心得像个小姑娘，看到天空飘落冬日的第一片雪花就会激动地吟诗一首，并且拿出珍藏多年的好酒与丈夫细细品尝，见他画了一朵玫瑰送给她，她也会在朋友圈甜蜜地秀出来，毫不掩饰地说出"嫁给你，是我这辈子最大的幸福"这样动情的表白。

田教授鼓励橙子勇敢去爱，哪怕输得体无完肤也值得。爱这件事情是有温度的，浓了淡了，冷了烫了，伤心还是美好，你要去触摸才能感知它曾来过。

她说，我们时常感叹相濡以沫的爱情难得，可它的确真实存在于我们周遭生活的每个角落。路上与你擦肩而过的人群行色匆匆，他们一脸冰霜，一脸茫然，他们各有各的不易，各有各的烦恼，但也要相信他们各有各的幸福。

当然，还有春雷，尽管他一次次遭遇宋小丽的嘲讽和打击，他还是笑盈盈地义无反顾地爱着，幻想着，在自己编织的梦境里不愿醒来，作为朋友，我们既希望他成功，又希望他早早放弃，免得被宋小丽伤到肝脑涂地，伤了元气。

为庆祝橙子康复出院，大家聚在一起喝酒。春雷晚到了很久，他出现的时候手上抓着一沓楼盘广告。

春雷很兴奋地说，他同事在亦庄买了新房，在最顶层，爬上天台直接就是一个空中花园，他越看越喜欢。

他不好意思地偷偷瞟了眼宋小丽说，他也要努力赚出一套房子，然后和某人求婚。

春雷曾经背着宋小丽和我们说过，他要在雪山顶上和宋小丽求婚。他一再叮嘱我们，必须替他保密，他要给宋小丽一个大大的surprise。

我们身边总是不缺富于勇气的人，他们在无形中也给了我们去爱的勇气。去爱，这本身就是一件需要能力的事，勇敢的能力，感知的能力，付出的能力，浪漫的能力……

正因如此，当王旭对橙子发起猛烈攻势的时候，当他说"我对你的关心一定比你想象的要多一点"的时候，橙子的内心很快升温，她想，原来有人关心疼爱的滋味这么美好。她内心冰封的河床终于迎来春暖花开，一夜间充盈生动起来。

有了爱情，会让你变懒惰，懒得动，懒得想，懒得变换拥抱的姿势，心里也懒得再去腾出多余空间盛放多余的人；你也会变得更勤快，勤于思念，勤于美丽，勤于做更多让他开心的事情，说更多开心的话语；你会变得更有灵感，生活的每一处细节，遭遇的任何一件琐碎的事，你都能轻易找到几个漂亮得体的语汇去修辞它，你真怀疑自己一夜之间就成了一个妙语连珠的懂生活的诗人；你也会变得更迟钝，人也呆傻起来，可是这又有什么要紧，在爱人眼里，傻傻的天真，才一不小心成全了他的存在……

爱情是件多矛盾，又多美妙的事情。

他们穷的时候，冬天一起睡在车里也开心，一起白水煮土豆还觉得很甜蜜。发了工资虽不是一夜暴富，但去国贸吃一顿法餐是绰绰有余，他们一起看着一套毛坯房一点点置办变成家，大到电视洗衣机，小到一块毛巾，牙刷，拖鞋，冰箱贴……俩人在一起的每一分每一秒，一起做的每一件事，搬回家来的每一件柴米油盐，都自带故事和温度。

有一回，王旭看到橙子腰上的伤疤后就问她怎么回事，他听完后，就慢慢靠在橙子身上，用脸颊、嘴唇轻轻摩挲，橙子感觉到王旭眼中有温热的液体划过伤痕。

王旭说，那得多疼？

橙子说，都过去啦。

王旭说，橙子，以后一定不让你再受伤，无论什么时候我都要陪着你。

无论什么时候？

无论什么时候！

可是说到不让我受伤，作为女人，伤心会疼，生孩子更会疼，难道你连孩子也不要了吗？

王旭想了想说，不要了。

橙子说，真是傻瓜。

她对王旭说，那时候在医院做完手术，一周后差不多能下床了，她慢慢挪步到窗前看对面的万家灯火，虽说自己一个人扛过来了，心里却总也少不了孤独的滋味，可是现在呢，她越来越喜欢在夜幕降临的时候，看这个城市每扇装满橙色灯光的窗户，一小点一小点萤火虫似的温暖绽放，想象每扇窗户里面正在发生着的不同故事。

她问王旭有没有看过是枝裕和的电影《奇迹》，电影里航一在爸妈离婚后就跟着妈妈来到鹿儿岛的外公家，每天最糟心的事情莫过于从正对着阳台的樱岛火山口源源不断飘过来火山灰，刚擦的桌子不一会儿就积了厚厚一层灰，刚洗的泳裤不一会儿也脏了……后来，航一坦然接受了这一切，毕竟樱岛火山有时候也是不落灰的，不落灰的日子天空蓝得就像一面镜子。

橙子说，从不喜欢到喜欢，从不习惯到习惯，这也算奇迹吧？

现在橙子的生活中多了一个人，她发觉自己也是那万家灯火中的一分子,同样的画面却拥有不同的感受,想想就觉得奇妙。

她说,所以爱情啊,你怕它做什么?

有一天,橙子在微信群召唤我们到工体喝酒。

橙子说,我有重大事情宣布。

春雷笑嘻嘻地说,巧了,我也有事宣布呢。

酒吧里,大家陆续到齐,一杯酒下肚后,大家的情绪随DJ电音躁动起来。

宋小丽迫切地问,行了橙子,快说,别吊胃口了。

春雷说,要结婚?

王旭喝口酒说,橙子要带我回兰州。

宋小丽说,橙子,你大一开始就没再回去了吧?一晃已六年。

橙子说虽然那座城市对她来说毫无温情,也不可爱,但她就想带王旭看看她小时候生活过的地方,兴许还能找回一些好感。

橙子转问春雷,你又有什么重大事件?

春雷把杯中酒一口灌下去,转身神秘兮兮地从背包里掏出一串白花花的钥匙,从我们面前快速晃过。

王旭一看就明白了,他笑嘻嘻地把酒杯递到春雷面前说,恭喜雷子终于要当房奴了!

谁都知道在北京买套房单靠自己有多难,春雷却说买就买,没有一丝含糊。

宋小丽平常最能喝，两瓶洋酒下肚没事人一个，可是那晚，她却醉得不省人事。

春雷送宋小丽回家，宋小丽在车上借着酒劲撒起疯来。

宋小丽说，春雷，我真的不爱你，你现在做的一切是不是在博同情，又是买房，又是要雪山求婚，你还能不能消停？你让大家觉得你是个浪漫的为爱不顾一切的好好先生，而我呢，我他妈的就刻薄不解风情？春雷，你懂不懂这叫赤裸裸的绑架。

宋小丽努力把东倒西歪的脑袋端正了靠在座上，一脸认真地看着春雷，一字一句慢慢说道，春雷，我就问你，我凭什么要爱你？

黑魆魆的车厢里，春雷眼眶闪过不易察觉的莹莹泪光。他说，宋小丽，我只要你让我爱你足矣。

春雷从车上下来，嘴里深深地吐出一口气，看车子在午夜凄清的朝阳路上渐行渐远。

不久，橙子带王旭回到阔别多年的故乡，兰州。

她带王旭去了她的母校，去了黄河滩，博物馆，还去了小吃街。

她还带王旭见了爸爸，而她爸爸只说了几句不痛不痒的客套话，就一贯埋头喝酒。六年了，父女俩还是头一遭见面，对他来说，在彼此生命里缺席六年，就像从来没有发生过一样。可是对橙子来说这些都无关要紧了，她要的温暖已悉数获得，她已有了家，再不用害怕走丢。

橙子抱了抱爸爸，交给他一个装了五万块钱的牛皮纸袋后，和他挥手再见。

橙子回北京前，宋小丽在电话那头泣不成声。

宋小丽说，春雷死了。

橙子看见我们捧着春雷的骨灰盒从殡仪馆走出来，整个人几乎瘫倒在王旭怀里。

Lucky 跑过来不停围着她转，只听到嘴里啾啾呜咽。

看到橙子这样，我们这群人好不容易抑制住的悲恸，一下子又翻涌上来。大厅里又哭成了一锅粥，直到保安跑过来劝说。

橙子问，为什么不让她见春雷最后一面？

春雷爸爸眼圈又红了，他极力克制说，只有火化了才能带雷子回云南啊。

春雷的离开，除了他爸妈外，最接受不了的人就是宋小丽。

春雷爸爸把房产证递给宋小丽，委托她找中介转手，宋小丽看到房产证，眼泪再也抑制不住。

她把自己关在家里一个多礼拜没出来，我们再怎么敲门打电话都无济于事,到第八天的时候,她终于开门站在我们面前。

宋小丽头发蓬乱面容憔悴,她的样子吓到了我们。橙子帮她洗了脸,又帮她一绺一绺梳理头发。

宋小丽叹了口气,眼泪又涌上来。

她说,我一直跟春雷说我们不合适,让他去找一个知冷知热适合他的姑娘,我呢,好赖不分,根本不懂春雷的好,我配不上他……春雷死于抑郁症你们不知道吧?平常我们在一起,他整日里没心没肺嘻嘻哈哈,怎么可能会抑郁呢?他心里到底藏了多少痛苦?我对不起他……

宋小丽说,这几天突然想起春雷给我发过很多邮件,只要有点什么事情他都会给我发,我嫌他烦就把他的账号设置成了广告邮件,我一封都没看过,你们说可笑吗?

宋小丽一封封点开邮件,一封封地读:

宋小丽,你总说我们不合适,是嫌弃我太胖吗?我可以减肥啊啊啊啊啊~虽然减肥这件事儿吧真的很痛苦,可我愿意。你说我不了解你,怎么可能,高中三年,大学四年,说起来我比世上任何一个人都了解你……

宋小丽,你前几天说自己胸围只有A,小得让你自卑,可是你的胸明明就有C啊,今天去找橙子,我盯着你们比画了半天,明明比橙子还大嘛,我确定真的是C,你说我不了解你,我真心觉得比你自个儿还了解你……

宋小丽,明天是儿童节了,你想做点什么呢?要不要去看场电影,你喜欢的《小王子》上映了,我已经买好票,你会来吗?我等你……

宋小丽,如果有一天我离开这个世界,离开你,你会不会想起我,想起曾经有一个死乞白赖缠着你的傻子,叫春雷……

……

宋小丽把房子交给中介前,特意去亦庄看了一眼房子。那是一个大型小区,十几幢高楼错落林立,物业完善,绿化讲究,几名穿戴威严的保安矗立在铁门外。

宋小丽走进小区,找到楼层,开门进屋,发现房子还未启动装修,家具也只极少几样,她看到桌上有只未拆封的快递箱,打开,里面装满了熊本熊墙纸。

春雷离开，宋小丽的心像被掏空了一样，她很快申请了澳洲昆士兰大学，把 Lucky 托付给橙子后不久，就离开了北京。

宋小丽说，她还是没办法原谅自己，她想了很多，她觉得春雷的死和她有很大关系，要是当初好好对他，春雷或许就不会死。

她说，生命是一场轮回，人生是一场又一场离别，而我们终究躲不过这场生离死别。

没多久，橙子也说要离开北京，她说苏州那边有个跨国公司让王旭去报到，王旭让她一块儿走。

我还记得橙子去苏州前我们最后一次见面是在后海溜冰，她从远处风一样滑过来，脚底下冰碴子四处飞溅，她停在我跟前，揉着冻红了的鼻子满面春风地看着我笑，冬日暮色把她青春的脸蛋照得红彤彤的。

青春是一场盛大的宴席，当我们一个个酒足饭饱酝酿了足够多远足的力量和勇气时，炽热的青春也便曲终人散。

我说，你们一个个都走了，我心里空荡荡的难过。

橙子抱了抱我说，说好了新书要把我的故事写进去，我知道一定会大卖！

橙子眼睛一闪一闪亮晶晶的，她拍了拍我的肩膀又滑远去，回过头冲我喊,放心吧小川,我一定会幸福。

那是二〇一五年冬天一个熟悉的傍晚,落日从滨海胡同口那几株光秃秃的杨树梢上渐渐沉下去,橙子的笑声裹挟着冰面上吹来的风,冰冷却清晰。

……

二〇一八年圣诞前夕,橙子带着一颗疲惫的心回到北京。

陪伴她的是Lucky,三年后,它已非常壮硕,奔跑起来一身金黄色毛发随风飞扬。

我和橙子约在朝阳路一家新开的咖啡馆,相对而坐,眼中泪光莹莹。

橙子剪短头发后,显得脸庞精致却更瘦削,宽松的亮黄色针织连身短裙,藏不住微微隆起的小腹。

我说,橙子你还好吗?

橙子笑笑说,挺好的。

她说结局虽不如人愿,但也算不上多惨,毕竟也曾感受过温暖。过去王旭时常给她做西红柿炒鸡蛋,现在呢,一盘西红柿炒鸡蛋搁在面前,就算被爱情完虐千百回依然会回忆起他的好。

到苏州后,王旭带橙子见了他爸妈,结果他们并不接受橙子。此后,在漫长的四人拉锯中,他们身心俱疲,现实的焦头烂额让王旭沉迷于毒品的醉生梦死。

橙子一直笃定生命中许多时刻是有仪式感的，比如爱情，比如婚姻，比如迎接新生命的到来……

黄磊曾说，如果有一天，那个男的跟他女儿多多说没有婚礼，他会跟女儿说，不要嫁给那个人。

每一个小惊喜，每一个闪闪发光的瞬间都藏着两个人爱过的痕迹，一起数过的星星、看过的月亮、走过的路，一起大笑奔跑和哭泣，才让爱有了厚度。

可是当生活中缺失了问候，缺失了礼物，缺失了温情脉脉，甚至当这一切都被认为理直气壮的时候，爱情或许也该走到穷途末路了。

后来橙子让步了。橙子是个极爱美的女孩，过去她梳妆台上各种限量版香水排得满满当当，可是去了苏州后，王旭很快被公司辞退，此后也一直没找工作，为了节约她再没买过一瓶香水，也没买过一件新衣服。

有一天，王旭像突然变了个人似的问，橙子，问你个事。

橙子说，你说。

你不爱我了吧？

橙子摇了摇头，挤出苦涩笑容。

他笑了笑说，你看，果然不爱我了。

橙子哭着解释，不，我摇头是说我还爱你……

他说，我知道自己渣，是我对不起你。

后来她常安慰自己，她可以不要仪式感，也可以不离不弃地陪王旭二进戒毒所，甚至他又出轨前任，橙子苦心挽留、以死相逼最后依然改变不了爱情日趋变冷的温度。

直到她发现自己有了身孕。当橙子听到孩子清晰蓬勃的心跳，橙子终于做出离开的决定。

橙子说，一直觉得冬天浪漫，所以才有那么多的故事发生在冬季。

在冬季恋爱，在冬季分手，在冬季重逢，在冬季失眠。

在冬季回到这个城市。

南方的冬天没有暖气，这几年里头虽不曾遇到绵绵大雪，但南方冬天特有的阴郁，如果没有爱的补给，你一定会冷到五脏六腑。再回北京又是冬季，空气里早早的弥散着圣诞气息，这个城市总有熟悉的味道，点点滴滴，似曾相识。

每个女孩都有对爱情幻想的权利，但幻想也是有期限的，幻想的空间也需要营造，过了那年纪，过了那感觉，幻想就再也没有来过。

她们都曾在展示婚纱的橱窗前慢下脚步，幻想穿上它的样子，幻想将会和谁踩过红毯相伴一生。不可否认在速食的爱情时代有一部分婚礼的含糖量并不高，也许就是疲惫了，妥协了，伤怕了，到年纪了，结婚这件事情就成了一项任务，在婚姻的几番权衡里夹杂了太多考量和现实评估。

橙子也在一家考究的婚纱礼服店的橱窗前慢下脚步。那家店在上海衡山路上，这一天阳光明媚，日头穿过法国梧桐叶的罅隙投下午后梦幻的光斑。

她被橱窗中一套浪漫的抹胸纯白婚纱吸引住了，那胸口层层叠叠的褶皱就像山峦间游弋的云朵，也像午后海平面上微微起伏的闪着金色光泽的波浪，上面坠满了大小不一的白珍珠，而那同样镶满了珍珠的裙摆足足有五米长。

橙子被热情的工作人员引进店里，接待她的正好是设计师莫娜，她说这套婚纱的设计灵感来自诗人巴勃罗·聂鲁达的《二十首情诗和一首绝望的歌》。

橙子穿上它，在复古的欧式落地镜前流连环顾，想象婚礼当天穿上它，成为最闪耀的美丽新娘。

橙子终究还是没能等到她的婚礼。美丽新娘，对现在的橙子来说便是最遥远的期待，这辈子很长，活着本来就很苦，经历的一切或许皆是 the best arrangement。

离开苏州前一夜，王旭带着新任来送她，灯光下那女孩妆容精致，妩媚动人，浑身散发着杜嘉班纳真爱西西里的迷人芬芳，而橙子却依然是三年前从北京带过去的那些衣服，加之时常以泪洗面，在情敌面前浑身透着一副无地自容的惨状。

橙子抚平情绪问，你爱过我吗？

王旭看了看新任，又看了看橙子，说，爱过，这是毋庸置疑的。

橙子粲然一笑，说，谢谢你，我很高兴。

我说，北京是个巨大的疗养院。

橙子抿了口咖啡，一脸恬淡冲我笑着说，北京是个巨大的游乐场。

我想现在的橙子一定不怕再走丢了吧，即便现在没有人牵起她的手。她的目光温柔极了，窗外灯火万家，不远处的广场上，熙攘人群在流光溢彩的圣诞树前久久不肯散去。

我问橙子，真打算生下孩子吗？

橙子用力点了点头。说起孩子，她红了眼圈却目光坚定，有期待，还有藏不住的幸福。

她说，在遇到下一个爱人前她要先学会好好爱自己，而孩子已是灵肉的一部分，她一定会生下他，未来给他最好的爱。

我说，宋小丽要回来了。

手机响了，橙子看了眼手机一脸惊讶，她说，宋小丽改签去了苏州。

三年后的今天，我们又约在后海。

宋小丽戴了一顶薄荷绿针织帽，底下波浪长发随意松散开来，她穿了短夹克搭配皮裤皮靴，这身装束在冰面上滑行再美丽不过。

过去我以为烫卷不适合宋小丽，多了风尘，少了帅气，可是现在这么看来，帅气中还多了几分异国浪漫腔调，不知道现在的样子，春雷要是看到了会不会流口水。

我问宋小丽苏州是怎么回事。

宋小丽说，她去苏州并不是去扮演什么报仇雪恨的女侠，只是和王旭心平气和地见了一面，她要当面告诉王旭，他有没有辜负橙子她不懂，但他辜负了春雷。

我和橙子一时不知道该说什么。

怀孕的橙子不能滑冰，她只能站在人少的地方羡慕地看我们来回飞舞，时而掩嘴哈气，时而冲我们挥手，而Lucky在我们身后快乐追逐。

风吹暮色，落日的最后一丝余晖让冰面散满点点星光，整个冰场上空笼一层薄薄的透明的淡蓝色雾霭，恍惚间我竟看到橙子穿上了那件飘逸的纯白色拖尾纱裙，她戴着精致的珍珠皇冠，扑闪着睫毛冲我们挥手微笑，她就像一条浑身闪着金光的美人鱼，那一刻，她一定知道她就是美丽新娘。

我停下脚步,好像听到橙子在喊,爱情,你怕它做什么!

是啊,心中有爱的女孩们从来都无所畏惧,她们总是努力去争取每一种可能,就像橙子。我相信她会把人生过得如彩虹般绚烂。

而宋小丽,正因为太清楚自己喜欢什么,想要什么,以至于太自以为是。感情的世界并不存在孤傲,只是不想尝试着给自己留一个机会吧?春雷走了以后,再没见宋小丽用那股刻薄劲儿奚落别人,现在的她跟谁说话都保持温和的暖意。

这是二〇一八年冬天一个熟悉的傍晚,落日从滨海胡同口那几株光秃秃的杨树梢上渐渐沉下去,我们的笑声裹挟着冰面上吹来的风,冰冷,清晰,就像昨天。

只有人在旅途,
才能深知一路所见所闻的快乐和充实。
我把我所见的故事分享给你们,
愿你们永远心怀希望,
向往爱。

——朱小川

出品人：许　永
策　　划：林园林
责任编辑：许宗华
特约编辑：何青泓
装帧设计：海　云
封面摄影：郭　丽
内文排版：百　朗
印装总监：蒋　波
发行总监：田峰峥

投稿信箱：cmsdbj@163.com
发　　行：北京创美汇品图书有限公司
发行热线：010-59799930

创美工厂
官方微博

创美工厂
微信公众号